COSACNAIFY

Tradução **JOSELY VIANNA BAPTISTA**

LINA MERUANE

Sangue no olho

2015

A Paul Latkany, velando na escuridão

Levantei a cabeça, horrorizado, e vi que Lina me olhava fixamente com uns olhos negros, vidrados e imóveis. Um sorriso, entre amoroso e irônico, franzia os lábios de minha namorada. Dei um pulo desesperado e com violência segurei a mão de Lina.

– O que você fez, infeliz?

CLEMENTE PALMA, *Los ojos de Lina*

O ESTOURO

Estava acontecendo. Naquele momento. Fazia tempo que tinham me avisado e, no entanto. Fiquei paralisada, as mãos molhadas de suor empunhando o ar. As pessoas na sala prosseguiam com suas conversas e gargalhadas, até sussurrando exageravam, enquanto eu. E alguém gritava mais alto que os outros, baixem o volume do rádio, não façam tanta bagunça que à meia-noite em ponto os vizinhos vão chamar a polícia. Me concentrei naquela voz estrondosa que parecia não cansar de insistir que mesmo aos sábados os vizinhos iam dormir cedo. Aqueles gringos não eram gente de passar noites em claro como nós, não eram dados a farras, de jeito nenhum. Eram protestantes e protestariam se não os deixássemos dormir em paz. Do outro lado das paredes, sobre nossos corpos e também sob nossos pés, agitavam-se todos aqueles gringos acostumados a madrugar já com a meia no pé e os cadarços amarrados. Gringos que, com a roupa de baixo impecável e a cara engomada, sentam-se toda manhã para comer seu cereal com leite frio. Mas ninguém ligava para aqueles que não conseguiam pregar os olhos, para suas cabeças afundadas sob os travesseiros, para suas gargantas atulhadas de comprimidos que não lhes trariam nenhum alívio se continuássemos sapateando em seu descanso. Sapateando eles, lá na sala. Eu não. Eu fiquei agachada no quarto, com o braço estendido para o chão. E de repente me peguei pensando na insuportável vigília dos vizinhos, imaginando que iam apagar as luzes depois de enfiar tampões ressecados nos ouvidos; que os empurrariam com tanta força que o silicone acabaria estourando. Pensei que preferia ser eu a ter os tampões arrebentados, ser eu a ter os tímpanos trepanados por seus estilhaços. Queria ser a velha que cobre firmemente as pálpebras com a máscara, para tirá-la em seguida e acender a luz. Queria isso porque minha mão ainda suspensa não encontrava nada. Só gargalhadas etílicas atravessando as paredes e me salpicando com sua saliva. Só a voz estridente da Manuela dizendo sem parar por cima da gritaria, pô, galera, um pouco de silêncio! Não, por favor, não, pensei, continuem falando, continuem vociferando, uivem, soltem grunhidos se for preciso. Morram de rir. Eu dizia isso a mim mesma com o corpo todo tenso, embora poucos segundos tivessem se passado. Tinha acabado de entrar no quarto de casal, acabado de me inclinar, eu, em busca da minha bolsa e da seringa. Precisava me injetar à meia-noite em ponto, mas não ia conseguir, porque o precário equilíbrio dos casacos derrubou minha bolsa no chão, porque em vez de parar cuidadosamente, como devia, eu me dobrei e estiquei o braço para apanhá-la. Foi então que um fogo de artifício atravessou minha cabeça. Só que o que eu via não era fogo e sim sangue vertendo dentro do meu olho. O sangue mais espantosamente belo que já vi na vida. O mais incrível. O mais assombroso. Fluía aos borbotões, mas só eu podia percebê-lo. Vi com absoluta clareza como o sangue se adensava, vi que a pressão aumentava, vi que estava atordoada, vi que meu estômago revirava, que sentia ânsia de vômito e, no entanto. Não me levantei nem me movi um milímetro, nem mesmo tentei respirar enquanto observava o espetáculo. Porque essa era a última coisa que eu veria, naquela noite, com esse olho: um sangue intensamente negro.

SANGUE ESCURO

Já não haveria recomendações impossíveis. Que eu parasse de fumar, primeiro, e segundo que não prendesse a respiração, que não tossisse, que de jeito nenhum levantasse pacotes, caixas, malas. Que jamais me inclinasse nem me jogasse na água de cabeça. Proibidos os arroubos carnais, porque até mesmo num beijo apaixonado as veias podiam se romper. Eram frágeis essas veias que tinham brotado da retina e se esticado e se enroscado na espessura do vítreo. Era preciso observar o crescimento dessa trepadeira de capilares e vasos, vigiar dia a dia sua expansão milimétrica. Isso era tudo o que podia ser feito: espreitar o movimento sinuoso dessa trama venosa que avançava para o centro do meu olho. Isso é tudo e é bastante, sentenciava o oftalmologista, isso, é isso, repetia, desviando suas pupilas para meu histórico clínico, que se transformara num calhamaço, num manuscrito de mil páginas embutidas numa pasta grossa. Juntando as sobrancelhas grisalhas, Lekz escrevia uma biografia exata de minhas retinas, o prognóstico incerto. Depois limpava a garganta e me apresentava os pormenores de inovadores protocolos de pesquisa. Comentou, de passagem, os transplantes em fase experimental. Só que eu não era qualificada para nenhum experimento: ou era jovem demais, eu, ou as veias eram grossas demais, ou o procedimento arriscado demais. Era preciso esperar que os resultados fossem publicados em revistas especializadas e que o governo aprovasse os novos medicamentos. O tempo também se prolongava como veias arbitrárias e o oftalmologista continuava falando sem trégua, driblando minha impaciência. E se houver uma hemorragia, doutor, eu dizia, apertando seus protocolos entre os dentes. Melhor não pensar nisso, dizia ele; melhor não pensar em nada, só continuar observando e fazendo anotações que depois ele mesmo não conseguiria decifrar. Mas logo levantava a vista da caligrafia ilegível para convir que, se isso acontecesse, se chegasse a acontecer, se efetivamente se desse essa ocorrência, aí veríamos. Você verá, respondi, refugiada em meu ódio, sem articular uma única letra: espero que distinga alguma coisa quando eu não mais. E isso já tinha acontecido. Eu não estava vendo nada além de sangue num dos olhos. Quanto tempo o outro ia aguentar sem se romper? Esse era, enfim, o beco sem saída, o beco sombrio onde só se ouvem anônimos gritos prisioneiros. Mas não, talvez não, pensei, abraçando a mim mesma, sentando em cima dos casacos naquele quarto que era da Manuela, encolhendo os dedos dos pés enquanto meus sapatos balançavam feito mortos. Não, pensei, porque com os olhos já estourados eu poderia voltar a dançar, pular, dar chutes nas portas sem o risco de me esvair em sangue; poderia me jogar da sacada, enterrar uma tesoura aberta entre as sobrancelhas. Virar a padroeira do beco ou achar uma saída. Pensei nisso sem pensar, fugazmente. Comecei a revirar as gavetas em busca de um maço de cigarros esquecido e de um isqueiro. Ia incendiar uma unha acendendo o cigarro e me entupir de tabaco antes de voltar àquele consultório para dizer ao Lekz, empinando o nariz, me diga o que vê agora, doutor, me diga, fria e urgente, sufocada pelo ressentimento, como se suas mãos enluvadas tivessem arrancado meu olho doente pela raiz: diga logo, diga o que quiser, porque ele já não ia conseguir me dizer mais nada. Era noite de sábado, ou melhor, de domingo, e não havia como localizar o oftalmologista. Mas o que ele poderia dizer que eu já não soubesse?, que eu tinha litros de rancor dentro do olho?

ESSA CARA

Ao apagar o cigarro e me endireitar percebi um fio de sangue atravessando o outro olho. Um fio fino, que logo começou a se dissolver. Logo seria apenas uma mancha opaca, mas isso bastou para que o ar em redor ficasse turvo. Abri a porta e parei para contemplar o que restava da noite: só uma luminosidade pastosa ali onde devia ser a sala, sombras se movendo no ritmo de uma música assassina. Baterias. Guitarras roqueiras. Vozes desafinadas. Imagino canapés murchando sobre a mesa, batatas fritas, uma dúzia de cervejas. Os cinzeiros devem estar ainda pela metade, pensei, sem chegar a vê-los. A festa continuava rolando, e ninguém se habilitava a acabar com ela. Se os gringos insones começassem a bater agora nas paredes com cabos de vassoura, imaginei. Se a polícia chegasse e nos obrigasse a desligar o som, a enfiar todo aquele envelhecido rock argentino numa gaveta, a recolher as bandejas com um sorriso amarelo. Se nos obrigasse a calçar os sapatos, a beber a borra das garrafas, a contar a última piada repetida, a apressar os boas-noites e os até-mais. Mas tínhamos a madrugada inteira diante de nós. De mim. De Ignacio, que ainda não era visível em meio à névoa. Ignacio ia entender a situação logo de cara, sem que eu precisasse dizer me tire daqui, me leve pra casa. Tinha certeza de que ele viria me resgatar com seu fôlego cansado, seu dedo afundando em minha bochecha. Por que você está tão séria? Ouvir aquela voz me fez perder a pose, desfeita em pedaços no chão enquanto ele acrescentava, por que está com essa cara? E como eu ia saber como é que estava a minha cara se os meus lábios e a pinta tinham sumido, se até os lóbulos das minhas orelhas tinham sumido? Só me restavam uns olhos ceguetas. E me ouvi dizendo Ignacio, com voz de canário. Ignacio, trinei, Ignacio, estou sangrando, esse é o sangue e é tão escuro, tão condenadamente denso. Mas não. Não foi isso que eu disse, não, e sim acho que estou sangrando de novo, por que não vamos embora? Ir embora?, disse ele (você disse, Ignacio, você disse isso, mesmo que agora negue, e depois ficou mudo). E ouvi você perguntar se era muito sangue, talvez imaginando que fosse como das outras tantas vezes, apenas uma partícula sanguinolenta que logo se dissolveria em meus humores. Não é tanto assim, não, respondi, mas vamos embora. Vamos agora mesmo. Mas não. Vamos esperar a festa esfriar, esperar que a conversa vá morrendo sozinha.

Que não fôssemos nós a matá-la, como se ela já não estivesse morta. Logo mais a gente vai embora, o que é uma hora a mais, uma hora a menos, quando a gente não tem nada pela frente. Eu podia tomar mais um vinho e me anestesiar, outro vinho e me embebedar. (Tudo bem, me sirva outra taça, sussurrei, enquanto você a enchia de sangue para mim.) E bebi à saúde dos meus pais, que deviam estar roncando a quilômetros do desastre, à saúde da gritaria dos amigos, à dos vizinhos que nunca reclamaram do barulho, à saúde dos guardas que não vieram me ajudar, à saúde da saúde e da puta que a pariu.

AOS TRANCOS

E saímos todos juntos da festa sem dizer nada além de um obrigado, até mais, bye; e talvez o grupo tenha se dispersado pelo caminho, porque na minha lembrança eu não vejo ninguém. O elevador estava cheio de vozes, mas quando saímos éramos só três ou quatro corpos, que depois viraram um só, avançando a meu lado. Julián me falava de sua entrevista de emprego na universidade ou o que será que ele estava dizendo enquanto eu penetrava na mais negra das noites? Ignacio devia vir atrás, falando de política espanhola com Arcadio, ou talvez tivesse ido procurar um táxi. Àquela hora, naquela ilha esquálida quase colada a Manhattan, não seria fácil encontrar um carro. Seria mais fácil roubar uma cadeira de rodas abandonada, com alguma mola solta. Uma cadeira me ajudaria, me deixaria menos vulnerável à incerteza dessa noite. Uma cadeira seria melhor que uma bengala mal treinada. E pensei que naquela mesma tarde tínhamos atravessado o rio no mesmo teleférico em que também tinham subido uma dezena de paralíticos em suas cadeiras. A Roosevelt era uma ilha de aleijados onde moravam apenas alguns professores, alguns estudantes, nenhum turista; era uma pobre ilha protegida que quase ninguém visitava, pensei, pensando em seguida que eu devia ter entendido por que tive que viajar com toda aquela gente a meu lado, eles e eu suspensos sobre as águas. Na margem estava o destino levantando uma questão, uma advertência. O que você veio procurar aqui, dizia, levantando um dedo miserável. O que foi que você perdeu aqui nessa ilha? Uma cadeira, respondi, fora de hora e de circunstância, foi só uma cadeirinha metálica, com rodas, pedais e alavancas e talvez algum botão que impulsione as rodas para frente. Se tivesse sido mais prevenida teria uma cadeira, respondeu uma voz intratável dentro de mim. Pelo menos uma para essa noite em que ia precisar dela. Mas agora os paralíticos devem estar dormindo o sono dos justos, com suas cadeiras repousando inválidas ao lado das camas. A minha, a minha cama que não era minha, mas do Ignacio, ainda estava longe. Tudo me parecia longe ou ia se afastando. Ignacio tinha sumido e Julián apertava o passo movido pelas cervejas. Eu ia ficando inevitavelmente para trás. Avançava em câmera lenta, às cegas, pelo cascalho escorregadio, despencando nas valetas, tropeçando nos degraus. Julián deve ter voltado quando se pegou falando sozinho: senti que me segurava pelo cotovelo e dizia, borbulhante, deixe eu ajudar que pelo jeito você também está bêbada. Começou a rir de mim e eu também comecei a me sacudir num ataque de nervos e gargalhadas estentóreas, e entre essas gargalhadas ou convulsões Julián me arrastava para frente, me interrogando, meus pés doíam, estava com os joelhos travados?, porque, *joder*, dizia espanholamente, por que diabos você vai tão devagar? Eu continuava com os olhos grudados no chão, como se isso fosse me poupar de cair, e com o olhar sepultado na miséria tentei explicar o que estava acontecendo comigo: esqueci os óculos em casa, não estou vendo nada. Óculos! E desde quando você usa óculos? Escondeu isso muito bem!, exclamou, bêbado e tresnoitado. E avisando que estávamos andando por um trecho de grama molhada, ele repetia, não acredito!, você nunca está de óculos! Nunca, é verdade. Nunca comprei óculos, até a meia-noite desse dia minha visão era perfeita. Mas às três horas da manhã de domingo nem a lupa mais potente teria me ajudado. Levantando a voz e, talvez, também seu dedo de futuro professor universitário, Julián hasteou sua língua de trapo para me condenar. Bem feito. E engolindo ou cuspindo saliva anunciou que o preço da minha vaidade seria andar pela vida aos trancos e barrancos.

AMANHÃ

(Cá estou. Lá vou eu. Olhando outra vez pela janela do táxi, com o olhar fixo, tentando, da estrada, captar um pouco do horizonte, a silhueta agora oca de duas torres pulverizadas, a linha do céu mutilada junto ao brilho tênue do rio salpicado de estrelas, o néon do *History Channel* deslumbrante sobre a água. Vejo tudo sem ver, vejo tudo através da lembrança do já visto ou através dos teus olhos, Ignacio. Os faróis do táxi rasgavam uma leve neblina noturna de papel e metais chamuscados que se negava a se esfumar, grudava no vidro e o embaçava. O turco ultrapassava alguns carros aos trancos, mas também deixava outros nos ultrapassarem, velozes, buzinando. Vocês cochilavam, talvez tenham até caído no sono, embalados pelas inclementes aceleradas e freadas. Acomodei a testa na janela e fechei os olhos até ser sacudida, Ignacio, por tua voz, tão nova em minha vida que às vezes eu demorava a reconhecer como tua, tua voz que, aliás, mudava de tom quando você falava em outra língua. Era uma voz para dar instruções em inglês ao motorista do táxi: que saísse pela próxima exit, que virasse para o oeste, que seguisse em direção à Washington Bridge, ainda acesa no horizonte. Não tínhamos planejado cruzar aquela ponte enferrujada, não estávamos indo para o subúrbio, do outro lado, onde eu morei um dia e para onde nunca pretendi voltar. Estava voltada para o presente, eu, isso era tudo o que eu tinha enquanto deixávamos Julián na esquina do prédio dele e prosseguíamos para o teu, que agora era o nosso. E quando ficamos sozinhos você segurou meu rosto para que eu me virasse e te olhasse. Para que você pudesse me olhar. Teus olhos não percebiam nada de extraordinário, não viam o que havia atrás de minhas pupilas. Foi muito? Muito mais do que antes, falei, sombria, mas talvez amanhã. Amanhã você vai estar melhor. Mas amanhã já era hoje: só faltava clarear e as luzes mortiças serem eclipsadas pelo sol. Coroado com um turbante o turco parou de repente e escorregamos para frente. Não se mova, você disse, e depois senti a porta batendo, e você deve ter dado toda a volta para abri-la para mim, me dar a mão, me avisar que abaixasse a cabeça. Vendo-nos de longe, qualquer um diria que estávamos saindo de outro século, não de um carro. Descemos da máquina do tempo de braços dados e assim subimos a escadaria até o elevador e os cinco andares. Assim avançamos pelo corredor até o tilintar das chaves na fechadura. O ar parado do apartamento nos recebeu. O calor veio de todos os cantos, do chão sem tapetes, das paredes completamente nuas, das infinitas caixas que pareciam cheias de carvão em brasa em vez de livros. Havia dias que empacotávamos as coisas para uma mudança iminente. Por um corredor segui direto para o quarto, você entrou atrás: cuidado, deixei um copo d'água aqui pra você. E nos jogamos na cama e nos abraçamos apesar da umidade e, ungidos de suor, adormecemos. E na manhã seguinte você levantou as persianas e sentou na minha frente esperando eu acordar, não sei se do meu sonho ou da minha vida. Mas eu estava insone havia horas, sem coragem de abrir os olhos. Lina? Levantei uma pálpebra, depois a outra, e para meu espanto havia luz, um pouco de luz, luz suficiente: a sombra sanguinolenta não tinha desaparecido do olho direito, mas a do esquerdo se precipitara para o fundo. Eu só estava meio cega. E por isso aceitei teu café e o levei à boca sem hesitar, por isso até sorri, porque, apesar de tudo. E você estava ali, como outro caolho, sem entender o que tinha acontecido. Não podia calcular a gravidade. Não se animava a fazer todas as perguntas. Guardava-as para si, amarrotadas, como agora, nos bolsos.)

UM CAMINHÃO ESCANGALHADO

Faltavam poucos dias para o oftalmologista voltar do congresso e ver o estado terminal de minhas retinas. Talvez na sexta-feira. Estávamos no início da terça. Teríamos três dias para resolver o resto de nossas vidas. Amanhã deixaríamos de ser locatários, iríamos nos instalar num apartamento que Ignacio ficaria devendo ao banco por trinta anos. Estávamos nos mudando para poucas quadras ao leste, ali onde o bairro desce em escadas e elevadores, onde se depara com sinagogas e chapéus altos, cachos laterais, perucas sintéticas, longos trajes pretos, onde velhos ortodoxos e envelhecidos jovens judeus se encontram com o alvoroço dominicano. Íamos morar naquela dobradiça: nossa janela dando para o sul, a porta emoldurando o norte. Só falávamos da mudança e de seus detalhes, limitando-nos ao que era concreto, a nos mover imediatamente para o futuro. Empurrar a grossa porta de madeira. Passar a trava. Aspirar o cheiro de tinta fresca e de aguarrás, de verniz, do pó de madeira lixada ainda no ar. Conferir a execução de cada conserto naquele apartamento detonado dia após dia pelos antigos donos. Era imperativo ter um olho, ainda, pelo menos um olho para conferir se tudo estava certo, um olho perspicaz para compensar um olho cego. Porque o único olho vidente que eu ainda tinha parava de ver se eu me agitava: meu ir e vir levantava o sangue empoçado na retina, sacudia-o como um espanador, o escovão do movimento o remexia. Mas não havia tempo para o repouso e eu me entreguei compulsivamente a embalar as coisas. Ignacio saía para buscar mais caixas vazias, enquanto eu enfiava nossa roupa em malas, os sapatos e botas em enormes sacos plásticos, os pratos entre os lençóis e o único cobertor, as travessas de salada entre toalhas. Tudo tateando. Embrulhei copos e xícaras em jornal até que a quarta-feira chegou, por fim, e apareceu na esquina um caminhão escangalhado. Era um meio-dia com três sujeitos na porta. Pareciam estar com pressa e traziam seis mãos cheias de dedos. Um negro alto e magro dava ordens a outro muito jovem e muito baixo que, por sua vez, era da equipe do maior de todos: um branco musculoso e talvez um pouco retardado. (Você me falou dele, aterrorizado, ao voltar do primeiro andar.) Era preciso orientar o musculoso, porque ele esmurrava sem parar as paredes dos corredores, as molduras, os batentes, os vidros das janelas, as dobradiças, o teto do diminuto elevador onde ele quase não cabia. Na segunda descida o velho elevador começou a desmaiar, morreu no entrepiso, e ele, o musculoso, era o único capaz de levantar o colchão sobre os ombros. E o estrado. E a pesada mesa de trabalho, e depois nove estantes.

Mais livros do que jamais conseguiríamos ler. E também os livros que eu tinha publicado sob um nome inventado e o manuscrito de um romance inconcluso que eu talvez nunca fosse terminar, pensei, engolindo a angústia sem parar para mastigá-la. Papel demais e tão poucos móveis. Não tínhamos muita coisa, mas mesmo assim era demais para um único homem. E o que devia demorar duas horas levou quatro, talvez cinco. E quando finalmente tudo estava dentro do caminhão, o elevador voltou a funcionar e eu pude descer o carrinho de compras com o que tínhamos preferido esconder do musculoso. A televisão velha, o rádio, dois notebooks; algumas garrafas de licor meio bebidas e as taças com as quais comemoraríamos naquela mesma noite. Leve você, não confio que esses caras cuidem direito. Vai conseguir? Claro que sim, menti um pouco. Consigo perfeitamente. Subiram no caminhão para descer as poucas quadras que separavam um edifício do outro, empurrando, todos, porque a bateria estava arriando, e me esqueci deles. Levantei o nariz procurando o cheiro de cimento molhado de algum vizinho que devia estar regando as plantas. Virei às cegas para a esquerda, e fui bem devagar em busca da estação do metrô.

CARRINHO DA MUDANÇA

O percurso conhecido já não coincidia com meus passos. Eu não distinguia árvores de semáforos naquela maré turva, não conseguia confirmar se aquilo que vislumbrava junto ao possível parque da esquina eram carros. Avançava como um morcego desorientado, seguindo intuições. Ia atrás das pessoas que passavam a meu lado. Se elas paravam, eu também parava, se atravessavam eu as alcançava com o guincho metálico do carrinho. Desci de elevador até a sufocante estação do metrô e, desviando das roletas, segui pelo longo corredor até encontrar a saída para o outro bairro. Ninguém parecia ir à minha frente, nem atrás. Nem rabinos rigorosos a quem pudesse pedir indicações nem velhas de colunas encurvadas sobre o andador. Nenhum ancião dando bengaladas desajeitadas que eu pudesse abordar com minhas incertezas. Me infiltrei pelas pesadas portas da estação e parei para adestrar o ouvido numa bicicleta atravessando poças, no lento dobrar de um carro estacionando de ré, nas esporádicas buzinadas, nas luzes verdes da avenida. A rua não era um lugar, era uma multidão de ruídos se acotovelando e se apertando. E havia o rumor de uma calha podre. Sacos de lixo empilhados na rua, se esfregando na brisa. Um clamor de pássaros eletrocutados nos fios de luz. Crianças se perseguindo aos gritos. Chega, falei, porque era imperioso encontrar o meio-fio. As garrafas se chocavam escandalosamente quando eu descia, e depois se chocavam nos buracos e guinchavam nas valetas. Eu levantava as rodas dianteiras e as traseiras e retomava o caminho aos trancos. Pus meus neurônios e seus peludos dendritos para trabalhar na matemática dos passos que deviam me levar de uma esquina a outra. Oitenta até a primeira e virar à direita. Oitenta, esquerda. Direita, oitenta e nove. Estava quase lá. Sentia o ar morno batendo em meus cabelos e esfriando minha cabeça. Já devia estar perto da entrada do edifício quando percebi uma voz dizendo oi, what's up, aguda, enérgica. Parei. Quem seria essa mulher, nesse bairro, nessa rua, ao entardecer? Quem, se eu era uma recém-chegada a esse cruzamento? Levantei o rosto esboçando meio sorriso de ódio meticuloso, insultando entre os dentes os músicos de ouvido absoluto, as telefonistas experientes, os cegos de nascença treinados para reconhecer vozes. Amaldiçoava aquela mulher, mas também me amaldiçoava por sorrir para ela com todo o corpo, com meus lábios estúpidos pronunciando um hi there todo impregnado de saliva. Lá estava eu, sozinha diante daquela voz que me penetrava como um estuprador. A voz continuava se aproximando, me lançando palavras e um perfume indefinido, enquanto ela, a voz, mas principalmente os sapatos agudos, os saltos percutindo no cimento, diziam alguma coisa que o ulular de uma ambulância me impediu de entender. E então o som dos saltos foi se afastando. O perfume foi se dissolvendo. E a mulher continuou falando com alguém submerso em algum lugar alheio e distante no interior de seu telefone.

SEM FOCOS

Ignacio me abordou na entrada. Acabaram de sair, exclamou, está cheio de caixas, mas venha ver como ficou a reforma. Me puxava pela mão como se eu fosse uma criança, enquanto eu tentava não bater nas paredes do corredor estreito. Num minuto ele tinha me levado pelo piso reformado da sala, pelo quarto recém-pintado, pela claridade da cozinha, pelo banheiro penumbroso que ficaria pendente por falta de dinheiro. O apartamento parecia descomunal e, a julgar pelos olhos de Ignacio (a julgar pela memória daqueles teus olhos que são também meus), mantinha um ar de desamparo. Não tínhamos quase nada, quase tudo era dele e resolvemos trazer apenas o indispensável. O resto estava muito gasto, muito recolhido da rua e dos metrôs, muito abandonado nas sarjetas ou roubado de vidas anteriores à nossa. Melhor deixar o passado onde ele morreu, em vez de transportá-lo para esse apartamento recém-reformado. Não temos onde sentar, advertiu Ignacio, como quem se desculpa, mas logo vamos conseguir umas cadeiras de praia para a sala. Eu respondi que sim, é claro, como quiser, pensando como é que você pode ter uma ideia dessas, vamos comprar um sofá e uma poltrona e um par de cadeiras e lâmpadas resplandecentes. Mas antes vamos pintar tudo de novo para tirar esse branco doentio das paredes. Teríamos de começar a obra logo, pensei, amanhã mesmo, se possível. Faltavam apenas dois dias para as notícias nefastas do oftalmologista, mas tomamos um banho alegremente, sem cortina, e lavamos o cabelo com o que havia à mão. E vestimos a mesma roupa suada, mas já seca, e nos sentamos no parquê recém-lixado e envernizado. Olhe o que fizeram, disse Ignacio. Está escuro demais, falei. É verdade, disse, segurando minha mão e fazendo meu dedo deslizar pelo sulco áspero, cheio de farpas, que atravessava a sala. A estante de livros foi arrastada por aqui, continuou, com secura; até ali, com pena; em toda a extensão, com um pouco de raiva resignada. Eu o vi ir e vir, mas não pude detê-lo, ele continuou falando enquanto eu imaginava os braços fortes, mas flácidos e mal cobertos por uma penugem transparente, do cara musculoso, aqueles olhos de cachorro maltratado, a embrutecida mudez daquele que destruíra nosso piso. Mas quem ligava para um risquinho na madeira? Jogaríamos um tapete por cima. E transaríamos em cima desse risco e do tapete persa que eu mesma escolheria quando voltasse a ter olhos. E quando acabássemos de transar, exaustos, mas radiantes e insatisfeitos, começaríamos tudo de novo. Transaríamos como animais em cada sulco da casa, em cada buraco da parede, como os insetos. Pensava nos arranhões e estragos caseiros que íamos fundar, que talvez fôssemos acumular ali. Não sentia nenhuma angústia, ali estendida no chão, com os olhos bem fechados. Ignacio desarrolhava uma garrafa na cozinha e reclamava, assumindo uma voz abstrata, onde você enfiou as taças, onde pôs os guardanapos, abrindo e fechando gavetas e revirando as caixas. Eu me perdia no ruído do jornal crepitante entre seus dedos, no estouro da rolha contra a parede e nas borbulhas do champanhe. Porque essa era a única certeza: inaugurar nossa vida com taças lavadas pela penumbra, nos deixar aturdir pelo silêncio. Anoitecera e ainda não tínhamos luz, não havia uma única lâmpada nua balançando nos soquetes. Nem mesmo uma vela. Ignacio não sabia do isqueiro. Remexia na roupa e apalpava o chão, procurando-o em vão. E brindamos também a isso, porque na escuridão dessa casa vazia éramos iguais: um casal de amantes cegos.

CASA DOS GOLPES

Topadas em portas entreabertas, todos os seus cantos dilacerantes. Um nariz machucado de encontro à prateleira. Dedos arranhados, unhas quebradas, tornozelos à beira da entorse. Ignacio tomava nota de cada percalço e tentava esvaziar as caixas, ainda pela metade, retirava as sacolas abertas do corredor e os sapatos órfãos, mas então eu me enredava nos tapetes, derrubava os pôsteres encostados nas paredes, as cestas de lixo. Enterrava gavetas abertas e pés de mesa entre os dedos. A casa estava viva, empunhava suas maçanetas e afiava seus ferros enquanto eu insistia em me apoiar em cantos que não estavam mais no mesmo lugar. Mudava de forma, a casa, rocava suas peças como num jogo de xadrez, mudava os móveis de lugar para me confundir. Com um olho cego de sangue e o outro embaçado pelo movimento, eu parecia ainda mais perdida, mais cabra-cega, zonza e de perna bamba. Mas secava umas lágrimas esquivas e voltava a medir os passos, a memorizar: cinco largos até a sala e oito curtos de volta ao quarto, à esquerda a cozinha, dez para o banheiro, à esquerda. As janelas deviam estar em algum lugar e dei de cara com Ignacio. Você é um perigo, disse ele, alterado, contendo-se para não gritar comigo; pare de dar voltas, não vá quebrar os ossos. Sei que ficou me olhando porque eu sentia os olhos dele nos meus, como caracóis me impregnando vivamente com sua baba. Lina, suspirou, sumido numa tristeza ou timidez repentina, Lina, ainda mais suave, segurando meu queixo, seus olhos melosos por toda parte, você está cega e é uma cega perigosa. Sim, respondi, devagar. Sim, mas sou apenas uma aprendiz de cega, com escassas ambições no ofício, e sim, cega e perigosa. Mas não vou me sentar numa cadeira e esperar passar. Ignacio teria preferido que eu ficasse quieta meditando, mas já não há nada em que pensar, falei, arrebatando-lhe às cegas o cigarro e dando uma tragada proibida. Já pensei em tudo o que era pensável, disse, dando uma tragada ainda mais profunda. Pensar, repeti, levantando a bituca enquanto Ignacio tentava recuperá-la de meus dedos, esbofeteando acidentalmente a lâmpada, estou pensando desde que entrei pela primeira vez e a contragosto no consultório de um oftalmologista. Desde então não fiz outra coisa a não ser pensar no futuro, pensar que não chegaria a vê-lo. Pensar naquele médico cheio de rodeios e refratário dizendo que eu levava uma bomba-relógio dentro de mim, acelerando seu tique-taque. Os detalhes médicos ele dirigiu à minha mãe, continuei dizendo, como se eu não estivesse lá, ao lado dela, me deixando respingar por sua gasolina gelatinosa e incombustível. O médico não olhava para mim, mas gravei na memória as lentes grossas de seus óculos, as córneas congestionadas e sulcadas por linhas diminutas, aqueles miseráveis olhos em miniatura do oftalmologista que, no fundo, já pressagiavam este instante. Então lembrei, agora sem contar para o Ignacio, do médico que ajeitava seus aros pretos sobre o nariz enquanto murmurava que talvez, mas só talvez, porque ninguém pode garantir, que talvez em alguns anos fosse possível substituir o órgão doente por outro compatível. E lembrei de ter pensado em como seria olhar através de olhos alheios. Aqueles olhos míopes, falei novamente levantando a voz, aqueles olhos me davam mais medo que o futuro dos meus, porque são olhos que me seguiram e ainda me perseguem; até em sonhos, Ignacio, aqueles olhos de coelho. Não tenho mais no que pensar, repeti. Pense você, se quiser. Fique ruminando, insisti, levantando em direção a Ignacio com meus olhos negros e sentindo que perdia o equilíbrio. Disse isso como um desafio, como uma acusação, como uma repreensão, porque não era a primeira vez que dizia isso. Começara a dizer seis meses antes, a partir do jantar que ofereceram a Ignacio por sua conferência, o jantar ao qual compareci como estudante de doutorado para me sentar na frente dele e dizer que eu também escrevia. Comecei no jornalismo, mas me mandaram embora por falsear a verdade objetiva dos fatos, e passei para a ficção cem por cento pura, tinha dito, acariciando a perna dele com minha panturrilha. E para provar joguei meu último romance em cima da mesa, esclarecendo que meu nome estava abreviado. Então você é ou não é a Lina Meruane? Às vezes sou, falei, quando meus olhos deixam; ultimamente sou cada vez menos ela para voltar a ser Lucina. A sílaba extra às vezes sangrava.

Ignacio fez uma cara enigmática e preferiu não acreditar quando insinuei que estava com um problema que podia me deixar cega. Cega, insisti, sem drama, sem deixar de sorrir para ele enquanto tomávamos um longo drinque no balcão cada vez mais curto. Era melhor ele pensar bem antes de pagar minha conta e de me convidar para o táxi, falei, antes de me tocar, de me dar aquele beijo molhado na orelha e depois nos lábios, antes de meus suspiros usados, porém novos, de meu silêncio absoluto, antes de me levar, ele, um café da manhã com panquecas na cama, de cantar um bolero lânguido e meloso saído de um velho violão, de me pedir que ficasse. Ficar. Antes, sim, devia pensar nisso. Que pensasse bem, falei, olhando-o de uma forma terrível, desejando que não se detivesse nesse pensamento, obrigando-o pelo menos ao simulacro de pensar. Ignacio, pensei eu, sem insistir mais; Ignacio, abra os olhos, ainda está em tempo.

PAGAR O DEVIDO PREÇO

Ali, sob os cabelos, dentro do crânio, entre os miolos, Ignacio pensa que devemos sair. Sair imediatamente, sair correndo, se possível. Ficamos a manhã inteira plantados, esperando a ligação da assistente, ele dando voltas pela casa, eu bem quieta, mergulhada num romance do século XIX que um leitor desconhecido me sussurra no walkman. Ignacio me sacode. Aperto o pause, o stop. A assistente acaba de confirmar que tenho hora marcada na segunda.

Que aconteceu com a sexta-feira? Ninguém cancelou, ninguém vai faltar hoje, diz Ignacio que lhe disse Yuku. Desesperado e inconsolável, Ignacio avisa que se não sairmos vamos morrer sufocados. Que precisamos sair e fazer alguma coisa: procurar móveis nos mercados de pulgas, por exemplo. Não saberia escolher sozinho, você precisa vir, insiste, e eu concordo, porque nunca estive tão disponível. Nunca como agora, pelas ruas de Manhattan cheias de buracos mortais e grades de bueiro com escadas que levam ao inferno. A luz cai no meu rosto, mas não posso tocá-la, não posso usá-la, e ando pela cidade como por uma corda bamba, me equilibrando em Ignacio, que avança noutro ritmo, sincopando seus passos tão seus com outros saltos finos e apressados que ferem o pavimento. Fuçamos entre móveis de madeira polida e selvagem com cheiro de aves exóticas e de babuínos, de líquens, de cantos africanos, e uns aromas de amendoim doce e maçãs carameladas, de pretzels e bagels recém-saídos do forno também se elevam e tocam nossas narinas. Nada do que Ignacio e eu vemos nos convence, e eu, que não vejo o suficiente, que sigo sua descrição do mundo somente com a ponta dos dedos, temo cair fulminada a qualquer momento, de calor e de desgosto. Então entramos numa loja de móveis novos e descansamos experimentando poltronas, sob um ar seco e refrigerado. Can I help you, diz uma voz igualmente fria e seca, só que mais desagradável, e sei que Ignacio se sente obrigado a dar explicações improvisando um sotaque britânico que pareça respeitável. Que nossa casa está nua, que por enquanto só temos um colchão no piso e uma dezena de caixas e malas por abrir. E alguns tapetes, e um risco no chão, corrijo eu entredentes, sem talento para imposturas. Acho que Ignacio olha ao redor, que ele vai mentalmente mobiliando um cartão-postal do vazio: mesa de centro, sofá, poltronas e cadeiras que deveriam sobreviver a nós como todos os filhos que nunca teremos. Enquanto ele descreve como vai ser a nossa casa, eu vou organizando num plano imaginário todos os móveis que

não podemos pagar. E agora a luz é tão tênue. Quando a funcionária se vira, Ignacio decide, num piscar de olhos, que a compra pode esperar por um tempo menos ameaçador. E me arrasta para a rua calcinante e continuo escutando o que ele diz, sem fôlego, mais luz, bastante luz, isso é o indispensável, entende? Sim, sim, é claro, luz, lustres ou lâmpadas e abajures, tudo isso, respondo também sem fôlego, agora entrando de cabeça com ele numa loja cheia de luminárias. Luminárias antigas, mas reformadas, como seus donos: um casal sessentão com luninárias longevas que suas próprias mãos consertaram. O mais jovem sobe a escada para baixar uma delas. Vamos comprar só uma? Não são baratas, responde Ignacio, e para que vamos querer outra? Para ter luz suficiente, digo. Para não ter uma sala caolha, acrescento. Sempre duas, em caso de emergência. Discutimos. O mais velho ajeita o colarinho e decide por Ignacio que sim, que sempre é melhor ter duas. Ele está dizendo isso porque tem um olho branco, grunhe Ignacio defensivamente e em castelhano. Branco? Que aconteceu com o olho?, pergunto eu, dirigindo-me ao velho. Sinto Ignacio apertar minha mão enquanto ele se desculpa por mim, explicando que pergunto porque também tenho um problema de vista. Um problema, repito, estou praticamente cega. Então Ignacio solta minha mão e põe a dele no bolso, junto com o bilhete do metrô. Espero. Tive um infarto, começa a dizer o vendedor, um infarto aqui, e depois acrescenta, no olho. Não teve jeito de recuperá-lo, diz. Um olho não é um coração. Não é nem meio coração. É muito menos, acrescento eu, por isso temos dois. O velho fica pensando, mas não no que eu acabei de dizer. Nunca ligou muito para esse olho morto, explica tristemente, sem se explicar direito. Limpa a garganta e diz que na época sua gente estava morrendo. Eram os anos oitenta, digo eu, como se perguntasse, mas afirmando, porque de repente já sei o que ele vai dizer. Sei que ele é, à sua maneira, um sobrevivente. Que muitos como ele foram se enchendo de gânglios, de chagas inexplicáveis, que alguns enlouqueceram ou ficaram cegos antes de afundar no estigma. Esse estigma tinha me rondado, tinha me deixado um caco, alguém, uma vez, talvez há uma década, me disse que seu diagnóstico de aids era o mais próximo que conhecia do de diabete, esse alguém se identificava comigo, e depois esse alguém começou a morrer pelos olhos. A última vez que o vi, estava cego. Só restamos ele e eu, disse a voz do velho junto a mim, sucinto como um sumário, ele, como um juiz de causas justas falando sozinho. Só ele e eu, repete, e gostaria de saber onde está o outro velho, gostaria de poder me virar, de seguir aquele dedo idoso que certamente está apontando para o outro velho e espera que eu o siga até os fundos da loja. Perder este olho foi o preço que eu paguei, diz sem se lamentar, o pequeno preço de viver.

O LUGAR DO NORTE

Oito da manhã de uma segunda-feira sufocante. Ele toma uma ducha depois de preparar, com dedos desajeitados, minha seringa, e eu me injeto a insulina antes de ir para o banho; ele prepara seu café da manhã e meu café com leite enquanto eu reviro a roupa preta do armário, subo o zíper das botas, ajusto meus óculos também escuros, e saímos como um comando em missão secreta: ele descrevendo os obstáculos das calçadas e dando pistas à iniciada, ele transformado em chefe da milícia, fornecendo nomes de ruas para que ela os memorize; enfiando, ele, seu bilhete do metrô na ranhura para que ela passe pela roleta. É ele quem informa o número de degraus até a plataforma, e aconselha um passo largo para transpor o vão. As portas do vagão se fecham e a viagem começa. Está nervosa? Só que nervosa não é a palavra, não é nervosa, nem ansiosa, nem angustiada, e também não é a palavra aflita; eu me sinto como uma grávida à espera de sua desgraça. E o trajeto até o destino era longo, mas o trem parou na estação e empreendemos novamente um caminho estrondoso que ameaça nos deixar surdos como os ratos do metrô. Chegamos e subimos e descemos escadas sem nos segurar em nenhum corrimão, pois vai saber que dedos, que salivas e pelos deslizaram por ali impregnando-o de nojeiras. Caminhamos com os dedos entrelaçados. No tumulto de corpos que nos empurravam e nos atropelavam e pisavam com as solas dos sapatos, aquilo, o toque dos dedos, era o mais íntimo que podia nos acontecer. Ignacio não parava de apertar minha mão para anunciar obstáculos e me avisar dos pedestres que atravessavam correndo quando as luzes estavam amarelas e também quando estavam vermelhas. Agora sim tínhamos alcançado o cheiro de pretzel da Madison com a 37. Parado entre freadas, um cachorro começou a latir. O rio encharcava o ar de nuvens baixas e esgarçadas e as pombas ficavam sem fôlego. Eu pedia que Ignacio descrevesse a atmosfera para assim preencher os buracos da minha imaginação e fazia perguntas que o incomodavam. O norte continua à minha esquerda? Sim, estava lá, o norte estava onde sempre esteve com seu céu denso. Eu não podia me distrair, meu ser inteiro exigia uma concentração multiplicada, uma dedicação absoluta à geografia das coisas. Minha cabeça zumbia, se reaquecia com as imagens que cada palavra de Ignacio suscitava em minha memória. Ele dizia Central Park e minha cabeça se enchia de patos azuis e girinos sobrevivendo aos turistas em lagunas fosforescentes. Ele dizia Columbus Circle e eu me enchia de namoradas posando com seus futuros ex-maridos sob um globo oco e prateado. Dizia degrau, cuidado, e então eu previa quinas mais altas ou muito mais baixas que na realidade. Ignacio sussurrou já estamos na Lexington e então aconteceu uma coisa diferente, eu não vi a placa de uma avenida, mas o anúncio de um hospital que ficava a apenas algumas quadras ao norte, vi com os olhos da mente a sala onde fiquei internada por uma longa temporada, vi a primeira enfermeira negra de minha infância, o sorriso largo cheio de dentes enormes que lhe conferiam um ar estranhamente majestoso, ouvi a gargalhada faminta que parecia vir de suas entranhas mas não consegui lembrar seu nome. A enfermeira e todas as crianças daquela sala eram feitas de cera, todas com caras definidas, mas ninguém tinha identidade. Eu mesma perdera a minha ali. De repente compreendi, assustada, que foi naquele lugar, ao norte daquele sul que era o consultório do oftalmologista, que começou a história da minha cegueira.

SONÂMBULA

Tinha muita gente esperando para ser atendida, íamos passar um tempo infame naquele consultório mal pintado e também carcomido em todos os cantos. De pé ao lado de Ignacio estava eu, e do outro lado da mesa a secretária de Lekz, uma Doris despenteada que usava a camiseta sobre a legging, como um vestido. E sandálias. Sim, sussurrou Ignacio mais tarde, ela usava as mesmas inauditas sandálias douradas pelas quais despontavam uns dedos pálidos e inchados, e unhas berrantes. Era a mesma Doris grisalha que eu conhecia bem, uma Doris que discutia com os pacientes aos gritos pelo telefone, que controlava com mão de ferro a agenda do oftalmologista. Ouvi seu cumprimento desanimado ao longe e imaginei-a dormindo escarrapachada no trajeto de Nova Jersey até aqui, chegando ao consultório antes de Lekz, com uma caixa de donuts na mão. Pensei também que, antes mesmo de Doris chegar, Yuku já estaria na porta apertando seus olhos claros, espiando um frenético oito em seu relógio de pulso de eficiente assistente japonesa e se perguntando por que Doris estaria demorando, se o trem dela tinha parado no túnel para sempre, debaixo d'água. Yuku entendia de viagens demoradas, de ficar no ar sem poder pousar; ela jamais repetiria sua única viagem angustiante de centenas de quilômetros, ou melhor, de milhas aéreas, vinda de Tóquio. Eu continuava ancorada em Ignacio, que cuidava de meus papéis com a secretária. Eles discutiam, vociferavam, e eu me resguardava de suas estridências, completamente perdida no vazio de mim mesma até que Ignacio estourou a bolha pondo um dedo em minhas costelas. Lina! Me puxou e gaguejou nervosamente outro Lina em meu ouvido, já faz um tempo que a Doris está te esperando. Quem? A Doris?, Doris!, soltei, franzindo os lábios, confusa, arregalando os olhos, what is it? Enxergando-a apenas em meio a sombras, consegui adivinhar sua careta. Sem ouvi-la pude reconstruir a pergunta que acabava de fazer me chamando por meu nome oficial, o dos documentos. Continuava ou não com o mesmo seguro saúde? E yes, of course, em meu melhor inglês, the same insurance. Mas de que me valeu ter esse seguro, pensei em seguida, sem dizer nada, se não pôde me assegurar contra isto. Mas sim, disse novamente, tudo continua igual, a mesma universidade, os mesmos livros envelhecendo sob o pó, o mesmo número do seguro social, a mesma solidão, agora compartilhada com Ignacio. Tudo continuava igual, no entanto tudo parecia radicalmente transformado. Doris deu o interrogatório por encerrado e nos mandou sentar. E pode-se saber por que você não respondia às perguntas?, ouvi Ignacio dizer, mal-humorado, estralando os dedos. Como vou explicar por você coisas que eu não sei? Pensa que sou clarividente? Não adivinho os teus pensamentos, concluiu, enfiando a camisa sob o cós da calça para entreter umas mãos que queriam fumar e não podiam. Mas não, Ignacio, claro que não, ainda bem que você não adivinha, respondi, sem pensar no que estava falando. E depois refleti. Nunca vou deixar você ver o que tem aqui dentro. Coisas que eu não conto nem a mim mesma. Em seguida, levantando a voz, expliquei que não tinha percebido a quem Doris se dirigia quando falou comigo. Não a vi gesticulando suas perguntas, nem vi seus lábios, para lê-los, nem o movimento desenfreado de suas mãos. Estar assim, na bruma, é como estar ao mesmo tempo dormindo e acordada. É como estar um pouco surda. Ignacio assentiu com a cabeça porque ele sabia o que era tirar os óculos de noite e ficar surdo. Esfregou as pálpebras ou imaginei que as esfregava sob os óculos. Ofegou junto de meu ouvido. Depois segurou meu braço e não me soltou mais.

PRORROGAÇÃO

Não foram minutos, mas horas, dias, meses naquela espera, com pernas se cruzando e descruzando sem parar, sapatos se arrastando para o banheiro e gente largada sobre cadeiras desconjuntadas. Ignacio cochilava, sua cabeça tombava de vez em quando. À minha direita se instalara alguém que dava uns suspiros agressivos enquanto virava as páginas de uma revista cheia daquelas histórias deprimentes que servem para levantar o ânimo; eu percebia bocejos, a música contínua do ponteiro dos minutos, e por fim gente ansiosa levantando para ir pedir explicações à secretária sobre a demora do médico. Doris tirava o nariz da papelada para lembrar a todos, com uma frieza estudada, que era preciso ter tempo para se consultar com esse oftalmologista, porque esse oftalmologista só atende cegueiras graves, ou seja, dizia Doris, imitando o tom do doutor e pigarreando como a porta-voz do espanto que ela era, para esse especialista só importam os casos extremos, os olhos *in extremis*, os que requerem uma perícia extraordinária; para Lekz, continuou Doris enquanto engolia um biscoito que mastigava com a boca aberta, para o doutor Lekz só interessa deter-se em cada olho, procurar nas retinas a presença sibilina de outros males do corpo, aids, por exemplo, sífilis, tuberculose, e continuava enumerando enquanto desembaraçava os cabelos com um dedo, diabetes mal tratado, pressão alta, até mesmo lúpus. Porque a retina, continuava sua ladainha perversa, a retina era nosso *curriculum vitae*, o espelho de nossos atos infelizes, uma superfície perfeitamente polida que nos aplicamos em estragar ao longo da existência. Por todo o estrago que tínhamos nos causado, agora teríamos de esperar nossa vez, esperar sem chiar, ou simplesmente ir embora. O oftalmologista não ia se apressar por nenhum de nós, repetiu. Não abria exceções porque tudo o que via já era excepcional. E isso não era só um discurso da Doris. Pude constatar o que ela dizia no decorrer das incalculáveis horas de espera naquela sala, e depois dentro do consultório. Nunca percebi Lekz apressando uma sílaba ou olhando discretamente as horas; não havia nenhum relógio nas paredes de seu consultório, o telefone nunca tocava, ele não tinha celular. Ninguém nunca o interrompia. A dedicação do especialista era absoluta, um verdadeiro fanatismo russo inoculado por sua linhagem soviética. Em cada ocasião ele examinava mais uma vez todo o itinerário de seus pacientes, pedia detalhes, fazia anotações minuciosas em sua pasta, ainda que com uma letra inexpugnável, e depois, observando atentamente o olho, parecia se iluminar. Ficava deslumbrado com a pupila que sua hábil assistente se encarregava de abrir depois de meticulosas medições da vista. É a Yuku, murmurou Ignacio, como se lesse meus pensamentos, lá vem ela, com seus colírios pelo corredor. Vinha arrastando o mocassim no tapete. Parou na minha frente e eu me endireitei, compreendendo o que sua língua me pedia em outra língua: que inclinasse a cabeça para trás. Seus dedos separaram minhas pálpebras para verter, com precisa pontaria japonesa, duas gotas ardentes sobre minhas córneas.

VAMOS VER SE LIMPA

Lina, Lucina, exclamou Ignacio, repentinamente aliviado ou esgotado e confuso, Lucina se enredando entre meus nomes, Lina, com as costas retesadas e o pescoço dolorido: levante Lina, o Lekz está te esperando. Lekz se posicionara junto à porta para me deixar entrar, enquanto Ignacio continuava sentado. Me pediu que subisse na cadeira mecânica, que eu chamava de elétrica e que ele manejava com as pernas. Não precisou me dizer para apoiar a testa na barra e pressionar para frente. Tinham sido dois anos ininterruptos de treino: ele e eu tínhamos nos exercitado nessa posição como dois adversários numa prova de resistência, medindo nossas forças, tomando-nos o pulso e o fôlego; ele me examinando com seu olho mecânico e eu deixando que escrutasse meu interior. Deixando que queimasse minha retina com golpes de laser para evitar que chegasse aonde chegou. Mas agora Lekz estava demorando para se sentar à minha frente, quebrava a rotina, evitava o exame se mostrando interessado no relatório detalhado daquela noite, daquela festa e dos dias seguintes; o que eu havia visto e o que não conseguia mais distinguir. Com a mão talvez perdida em sua frondosa cabeleira, Lekz perguntava, inquisitivo, por lampejos, resplendores, chispas iridescentes, e queria saber se eu sentia latejos ali atrás, no fundo do olho. Deteve-se em meu prontuário antes de se sentar e finalmente levantar o braço e segurar minha pálpebra com seu dedo especializado; só então espiou pelo buraco dilatado, como quem olha pela fechadura. O que vê, doutor? O que está vendo? Eu estava fazendo uma pergunta e exigindo com impaciência uma resposta, um pigarro, um rumor que me desse alguma pista. Mas o oftalmologista só suspirava, perplexo. O oftalmologista, então compreendi, estava vendo o mesmo que eu. O mesmo nada sangrento que eu via. Apesar de suas infinitas lentes de aumento, Lekz não discernia nenhum detalhe da retina. Jogou-se para trás absolutamente resignado e disse, vamos ter de esperar para ver se limpa para que eu possa dar uma olhada nesse desastre. E se não limpasse nunca, interrompi, se meu corpo não absorvesse seu próprio sangue? Se isso não acontecer, respondeu hesitante, se isso não vier a acontecer, porque, é verdade, a possibilidade de que o olho se limpe sozinho é muito remota, se não desaparecer teremos de correr o risco e operar. Às cegas, ele. Um olho, depois o outro. Lekz tinha pedaços de palavras entre os lábios, pedaços de palavrinhas penduradas no nariz e, deslizando pelo queixo, pedaços de sílabas nefastas que protelavam a intervenção imediata. Um olho e o outro, mas não agora, só mais adiante, repetiu, seco como uma gravação, como uma máquina repetidora, embora dentro de Lekz a língua parecesse continuar palpitando; era uma língua espevitada entrando em minha orelha com sua baba espessa e ainda morna. Engolindo ar, engolindo a mim mesma com toda minha frustração, meu rancor, meu ódio cego dessa vida da qual eu queria me divorciar, me segurando para não envenená-lo com minha raiva, eu disse num fio de voz que por favor me livrasse da incerteza e me metesse no hospital. Para o hospital, imediatamente, amanhã mesmo, por favor. Sentia os olhos mais inchados do que nunca, e latejando. Vamos ter de esperar, replicou Lekz, imutável. Esperar o que, doutor, um doador? Nada disso. Ainda estamos muito longe de um transplante, ele disse. Começava lentamente a desinchar, atingida pelos estilhaços da medicina. Você vai ter de esperar um mês inteiro, insistiu, anotando alguma coisa em minha ficha. Nada menos que trinta e um dias enquanto os olhos se limpam e nós também esclarecemos a questão de seu seguro. Repito, repetiu, implacável, antes de um mês não podemos, sob nenhum ponto de vista, operá-la. E enquanto isso, doutor? O que faço enquanto isso? Você não ia para o Chile ver sua família? Pois vá para o Chile. De férias.

PURO CHILE

Já era tarde para capitulações: eu viajaria para Santiago na data marcada, Ignacio viajaria a Buenos Aires para dar seu seminário. E na volta, prometeu, passaria pelo Chile para me buscar. Nosso contrato de reencontro eram as passagens aéreas já impressas e dobradas na gaveta. Tínhamos deixado pendente a compra do trecho para a Bolívia, mas esse voo tinha ido a pique no consultório do oftalmologista. Boulívia, dissera Lekz, fazendo um esforço mimético ao me ouvir, Boulívia, seria melhor que não fôssemos para lá, pois a alta pressão e a falta de oxigênio não só nos causariam o mal da montanha como poderiam estourar minhas veias.

Mas nem foi preciso chegar às alturas de La Paz, bastou um nono andar com vista para o vão das torres de Manhattan. O sangue no olho, primeiro um, depois o outro, tinha resolvido o dilema do percurso. Não iríamos para a Bolívia. Eu também não iria mais para a Argentina. Só voaria para Santiago, iria sem dúvidas, sem hesitações, sem demora: partiria dentro de alguns dias e, no entanto. Começaram a se repetir os telefonemas do Chile, pré-pagos ou a cobrar, telefonemas insistindo para eu antecipar meu voo. Que me operasse lá onde eles estavam, perto da família, aquele turbulento clã de origem mediterrânea armado de amor até os dentes, lá onde eles, todos juntos ou se revezando, poderiam tomar conta de mim. Me acompanhar na sala de cirurgia, se preciso. Dar instruções aos especialistas. Me assessorar na convalescença. Sem saber, eles conspiravam contra minha escassa paz interior, contra minha necessidade imperiosa de ficar um pouco sozinha com meus medos e minha enorme ingratidão. Comigo mesma e com meus propósitos obscuros. Mas disso, nem se fala. Eles me interrompiam. Discursavam sem me ouvir. Prometiam correntes de oração e remédios caseiros, sem reparar, nem por um instante, no estado agônico de minha conta telefônica. Juravam que minha ansiedade desapareceria, aplainada sob a deles. Não se preocupe com nada, repetiam em coro, um coro alvoroçado e tenso, com nada, porque somada e multiplicada e elevada ao quadrado, a angústia familiar esmagaria a minha, que subia, subia, inchava como levedura segregando uma bílis sufocante. Luzes vermelhas se acendiam em mim por toda parte: a palavra cuidados ardia, perder o controle queimava, voltar era um perigo e me operar no Chile uma condenação à qual eu não pretendia me submeter. Uma vez eu aceitara me consultar com aquele outro médico de bochechas infladas que, do pódio de sua soberba, diagnosticava olhos. Está quase estourando, ele me dissera, com ares deterministas. Não sei como ainda não está completamente cega, pois a qualquer minuto. Não há nada a fazer aqui senão extirpar, disse por fim, me olhando fixo e inflexível, com impaciência, me dando a entender que outros pacientes esperavam por ele. Eu jamais voltaria lá. Era uma promessa. Disse isso a eles, que, no entanto, possuídos por uma energia atômica, me exortavam a lhe dar outra oportunidade. O não que eu lhes dava era redondo. Um não maiúsculo. Do outro lado da linha se queixavam, então, de minha falta de vontade, de minha falta de consideração, de minhas faltas em geral: de minha ausência, de minha displicência, de meu desprezo pela religião. Me condenavam pela decisão apressada e talvez equivocada, mas já antiga, tomada por meus pais quando tinham seus trinta e até então felizes anos, de voltar para o Chile quando eu. De interromper os planos que tinham quando eu. E a frase ficava em suspenso, incrustada entre os dentes de todos eles. Ninguém falava: essa doença, a tua. Ninguém falava sobre os exames, o diagnóstico, as injeções diárias, a dieta especial, o cuidado estafante de minha mãe e a vida longe do apoio familiar. Não falavam da difícil decisão de deixar um trabalho esplêndido naquele hospital onde a norma era o esbanjamento, nem da fortuna que meus pais teriam acumulado se eu. Não diziam, mas lá estavam as verdades suspensas no fio da pausa. Verdades empurradas pela brisa. Era uma afronta que eu voltasse a Nova York três décadas depois, com a idade que meus pais tinham quando a deixaram. E estava pagando essa afronta ao expor uma nova falha técnica de minha anatomia. Insinuavam que voltar ao Chile e ficar ao lado de meus pais era o que eu devia fazer. Falavam isso entrecortadamente enquanto o ponteiro dos minutos da conta internacional corria e terminavam de falar enquanto eu visualizava meu corpo sendo sugado pelo vazio, meu esqueleto coberto de músculos e gordura vertiginosamente caindo em direção ao Chile, minha pele cada vez mais esticada, meu cabelo eletrizado, todos os meus pedaços atraídos pela lei da gravidade nacional, eu transformada em matéria amorfa que ao cair acabava derrubando o resto de minha numerosa família. Eu esbarraria neles, iria derrubá-los, eles cairiam em fila sobre o tabuleiro. Cairiam um por um, empurrados pelo peso de minha mãe, a mais forte das peças de nosso dominó, e ao mesmo tempo a mais frágil.

FARDO

(É urgente fazer uma pausa entre nós. Uma pausa e já voltamos, costumavam anunciar os filmes da ditadura antes de sequestrar as cenas picantes que nunca mais retornavam. Uma pausa longa e depois veremos, pensei, em meio à incerteza. Um tempo sem nos ver e sem nos falar por telefone para que você pudesse pensar. Fui eu quem decidiu a pausa, apostando que a interrupção fosse funcionar como um conjuro maligno de amores. Era isso que eu pensava, mas talvez você também pensasse nisso quando, infelizmente, aceitou esse pacto de silêncio. Pensávamos separadamente, mas ao mesmo tempo. Pensávamos diferente, mas às vezes também pensávamos igual. E teus amigos também pensavam por você. Que era forçoso resolver à distância essa confusão, esse dilema ético, essa chantagem emocional a que a cega o estava submetendo. Cada um propunha isso do seu jeito. Carmen corrigindo provas com uma só mão enquanto mexia e provava com a outra seu refogado de galinha e com a boca reclamava do infame pai do seu filho. Osvaldo planejando uma festa de casamento à qual não compareceríamos. Gaetán ensaiando para seu próximo balé sem se concentrar nos passos, mas rindo, nervoso, aos gritos diante do espelho. Julián em sua casa fumava lentamente outro cigarro e cochichava digitando para Carmen, que demorava para responder com cópia para Osvaldo, que logo ia contar para Gaetán, o namorado. Laura respondia seus e-mails preparando, cansada ou talvez chateada, suas aulas de verão. Mariana passava batom, cuidava dos cílios enroscados feito aranhas, e sorria, e depois franzia a boca, fazia caretas, avaliando qual seria a cara correta diante do espelho, a maneira adequada de pensar nesse assunto, piedosamente?, perfidamente?, e falava ao espelho sobre teu infortúnio. Sobre teu azar. Sobre você virar meu guia. Só falavam entre eles, o Arcadio em especial, que se atreveu a te dizer isso sem alarde no café da esquina. Sem se agitar, sem estremecer, sem se descabelar, porque tinha acabado de raspar a cabeça; mordendo um biscoito fino como uma hóstia e pondo um bocadinho de açúcar no expresso e uma gota de creme ou talvez de leite desnatado, fazendo uma breve pausa, deslumbrado com o brilho do próprio crânio. Ela, disse ele, fazendo uma pausa calculada e dramática, ela não é tua namorada, é teu fardo. E tomou outro gole de café. Ouvir isso te deixou transtornado, te transformou em outro Ignacio, e os tímpanos desse outro se encolheram, suas gengivas se recolheram, sua língua secou. Ficou um momento petrificado com o cigarro pendurado nos lábios, atacado por uma súbita dor de úlcera na boca do estômago. Esse Ignacio pagou sua parte da conta e partiu furioso, mas sobretudo enjoado, supurando ácido, morto de nojo. Seu cérebro se contorcia como uma ostra viva banhada em limão. Mas, à sua maneira, daquela maneira impiedosa, daquela maneira desapegada e ferina, daquela maneira tão filha da puta do Arcadio, havia algo de verdade no que ele dizia, algo que eu também tinha visto em minha cegueira. Está certo, eu disse, depois de ouvir você chutar a porta, depois de te ouvir destampar o frasco de antiácido. Certo, repeti, consciente de que estava semeando em você o rancor para com os teus. Todo mundo pensa isso, mas ninguém te diz, ou você não se deu conta de como eles falam com você ultimamente, do que dizem pra você quando telefonam, de que eu não existo nessas conversas? E continuei separando com dificuldade minhas meias das meias de lã destinadas a suportar o duro inverno do Chile. O Arcadio não disse nada que você já não soubesse, acrescentei depois, para acompanhar teu silêncio severo, sem deixar nem por um instante de dobrar minhas camisetas de mangas longas e curtas e minha jaqueta. Todas pretas, literalmente pretas, mas também pretas como o ódio que eu professava por todos eles, ainda mais por Arcadio. Aquele teu amigo, insisti com toda franqueza, sentindo que você estava a ponto de explodir, que quase não respirava, aquele Arcadio acertou na mosca. E então, pegando aos pontapés minha mala meio vazia, você disse, com insolência, na mosca ou no cu da mãe dele, caralho.)

CADEIRA DE RODAS

O tempo foi se acelerando. Tomar um banho. Escovar os dentes. Enxugar o rosto. Malas cheias que exalam ao serem fechadas. Um táxi dominicano pedido por telefone e a subsequente chegada do carro que não podia ser amarelo. O motorista, que falava um castelhano caribenho, mal nos dirigiu a palavra, aumentou o volume do rádio e saímos, amordaçados por um merengue que podia ser uma *bachata*.[1] Minha cabeça já estava fazendo sua própria viagem

1 Música e dança populares da República Dominicana. [Todas as notas são da tradutora.]

e apenas o arcabouço de meu corpo continuava desabado no banco de trás. Começávamos a incluir quilômetros mentais e silêncio entre nós, embora continuássemos amarrados com um barbante invisível e elástico. Eu nem bem vislumbrava essa cena na neblina e o que vi naquele momento com horror, com pavor, com verdadeira consternação, foi que eu estava prestes a perder tudo aquilo que Ignacio me proporcionava. Já não teria seus braços para me guiar, suas pernas para me encaminhar, sua voz para me alertar. Não contaria com sua visão para suprir a ausência da minha. Ficaria ainda mais cega. Percebi que fora me encostando em Ignacio como uma hera, envolvendo-o e enredando-o com meus tentáculos, sugando-o, como uma ventosa obstinada sobre sua vítima. Esse voo iminente era uma lâmina se metendo entre nós à medida que o táxi se aproximava do aeroporto, e por ela começava a brotar adrenalina. O corte estava acontecendo, estava se tornando um ferimento profundo, e o táxi nos deixava no terminal e Ignacio pagava e se encarregava da minha mala. Acontecia ou aconteceu, o ferimento, na fila da companhia aérea pela qual fomos avançando em câmera lenta. Depois, outro fast forward. Ignacio cuidou dos trâmites do meu passaporte, mostrou meu visto de estudante universitária, o respectivo I-20, pediu um assento de corredor para mim, ainda que em outra época eu escolhesse janela para observar as nuvens durante a decolagem, e depois entregou minha bagagem aos funcionários da esteira transportadora, segurou minha mão e me avisou que a cadeira já estava ali.

Que cadeira? Comecei a rir, mas não ria, disse Ignacio, é sério, o lance da cadeira. Uma cadeira? Ca-dei-ra de ro-das? Por que pediu uma cadeira? Tenho duas pernas! Ignacio me cercou com seus braços enquanto eu o combatia com cotoveladas e safanões, mas ele me rodeou com energia e logo era uma camisa de força, uma camisa com cheiro de cinzeiro e de velho suor ácido, uma camisa que, além de me apertar até me fazer estralar, me cobria de beijos nas têmporas, no nariz, na orelha; a camisa de força falava em meu ouvido num tom quase inaudível e me convencia de que era melhor que uma funcionária do aeroporto me passasse pela imigração e me levasse até o portão de embarque. Assim eu não teria de dar a mão a ninguém. Cadeira de rodas, grunhi, engolindo saliva e tirando uma mecha do rosto aos tapas. Lina, resfolegou novamente minha camisa de força, entrecortando ou espremendo meu nome, Lini, vai dar tudo certo, prometo, não chore, plis, isso acaba comigo. Num piscar de olhos você terá cruzado a cordilheira e estará no Chile, continuou Ignacio, como se isso fosse um consolo. Eu chego em poucos dias, completou, afrouxando finalmente os braços. E então eu assenti e me sentei e coloquei uns óculos de sol exagerados, e a cadeira começou a deslizar para trás, e tua voz foi se dissolvendo entre a multidão enquanto eu, pela primeira vez, soluçava à vontade.

CONTAR ATÉ CEM

Ignacio continua no aeroporto, transpassado por um ricto de desconcerto. Ignacio de pé sob o monitor fluorescente. Partidas. Chegadas. Seus óculos resplandecem sobre os olhos já vazios. É um Ignacio envelhecido e detonado. Um Ignacio rachado como uma velha estátua a ponto de desmoronar. Sua camisa arregaçada e suas calças de linho completamente puídas e seus sapatos de bronze opaco pregados nos ladrilhos. Séculos se passaram, penso, e ele continua lá, coberto pelas cinzas e pelo pó de minha partida, segurando o ansioso beijo que lhe soprei de longe e suportando um ininteligível rumor cosmopolita. As mãos vazias, desejando como nunca um cigarro entre os dedos. Eu tinha desaparecido e, já esquecida dele, abri caminho entre os viajantes empurrada por uma mulher de vontade férrea. Essa mulher devia ser mórbida, porque arrastava as pernas, chiava, reclamava. Mas nem por isso iria recuar. Com o humor canino de toda boa funcionária, foi levando a cabo sua missão. Conhecia de cor todos os cantos do terminal, todas as regras da zona de segurança, todos os funcionários. Seu vozeirão de negra nos abriu caminho diante de cada um dos obstáculos e me levou até a entrada da cabine. E com um displicente there you go, ma'am, ela me largou. Me levantei como se tivesse sido impelida por uma mola. Sozinha. Sem pedir ajuda para as aeromoças, fui apalpando os encostos e enumerando as fileiras até que cheguei ao meu assento e pude desabar. Os passageiros continuavam guardando suas malas e maletas e sacolas, paletós e coletes e todo tipo de trambolhos descomunais que mal cabiam na altura do corredor. Falavam do excesso de peso, riam, pediam licença e se desculpavam diplomaticamente por dar pisadas, ai, sorry, thank you, puxa, esse treco não entra; as vozes deles diziam isso se unindo numa incoerente trama de palavras. Eu só estava levando uma mochila com a seringa pronta para me injetar; e fiz isso, tirei a tampa, enfiei a agulha onde ela caiu, pressionei o êmbolo sem ligar para os incômodos suspiros alheios. Depois apertei o cinto com a esperança de morrer pelo menos por um momento nessa viagem através da noite. Mas não ia pegar no sono, não na hora, infelizmente. Porque de súbito percebi que minhas pernas se agitavam e que, resultado de um estranho mas eficaz encadeamento mecânico, meu corpo inteiro estava tremendo. Meus joelhos batiam como pratos de percussão. Meus dentes rangiam. Um momentinho, disse comigo, o que é isso? Estou tendo uma convulsão? Mas não eram convulsões, e sim uma descarga elétrica que surgia, intermitente, de meu centro nervoso. Era só o que faltava, pensei, me separando de mim mesma e agarrando Lucina, a Lucina que eu era me aproximando do Chile, agarrando-a assim, pelos ombros, e comecei a sacudi-la com violência e a dizer para ela, ou seja, a dizer para mim mesma, agora não, Lucina, não vai ter um estúpido ataque de nervos, não me vá fazer um numerozinho, senão nos tiram do avião a pontapés e ficamos no aeroporto. Agora, disse a ela me dizendo, comece a contar até dez ou até cem, de trás pra frente, agora, já, carregue as pilhas, vamos contando. E fiz isso, mas começando pelo um e continuando rapidamente até o seis e quando cheguei ao dez segui em frente sem parar porque meu corpo desobediente continuava sem recuperar o controle: o tremor aumentava. E assim fui do trinta e cinco ao setenta e sete e quando cheguei ao cem comecei tudo de novo, mas em inglês, three five six, e me lembrei, como se estivesse lá, que aos sete anos eu costumava contar assim no colégio, quando voltei ao Chile. Em Nova Jersey eu me esquecera do castelhano. Depois, em Santiago, me esqueci do inglês. Agora estou esquecendo de mim, pensei. Tomei ar, tampei o nariz, entrei no transe numérico daquela infância dividida e assim alcancei mais uma vez a centena e comecei tudo de novo, outra vez, em uma de minhas línguas, trinta e três, trinta e três, trinta e três.

A GARRA

Contar também na manhã seguinte. Contar em vez de atirar pedrinhas que orientassem meu retorno ou migalhas de pão que seriam comidas pelos pássaros se no lugar do avião eu estivesse atravessando um bosque encantado. Então me desloquei pelo corredor, enumerando os assentos em busca do banheiro. Vinte e quatro. Tudo sob controle, pensei, me equilibrando no vaso do banheiro químico. Quando voltei, a turbulência começou e minha mão virou uma garra que procurava desajeitadamente, no vazio, se apoiar em um encosto, mas que em vez disso aterrissou sobre algo morno, mole, carnudo. Meus dedos de abutre com unhas mal cortadas tinham ido parar sobre um ombro. Ou um peito. Talvez fosse uma orelha. Um corpo adormecido que eu estava arrancando do sono. Desculpe, gaguejei, sem saber muito bem para onde, desculpe, tentando retirar a garra da boca que se abriu de repente para emitir uma queixa. O que esta imbecil está fazendo?, ouvi que dizia, acordando os outros. Tentando não cair, deslizei a mão para cima e alcancei uma testa de dobras rugosas e impacientes e ali ficou minha mão enrijecida, em meio a terríveis turbulências. Percebendo o equilíbrio precário em que me encontrava, com o torso ligeiramente inclinado para frente, a mulher segurou minha mão com força, soltou-a dedo por dedo de seu rosto, forçou-a a ir para o lugar que me correspondia. Este é o seu assento, resmungou lentamente, como se eu não entendesse nada, como se fosse uma retardada ou, o que para ela era pior, uma gringa. Dei um passo para trás, ela insistiu e, talvez falando com seu acompanhante, murmurou, se ela tirasse esses óculos talvez enxergasse alguma coisa. Nesse sotaque inegavelmente chileno abrigavam-se o poema glacial dos cumes das cordilheiras e suas neves eternas em pleno degelo, o rumor obscuro do Sul salpicado de gigantescas *nalcas*[2] nativas, o lamento das cruzinhas na beira dos caminhos, e o cheiro das pedreiras, dos ríspidos sais do deserto, a sulfurosa concha de cobre a céu aberto.

2 Espécie de ruibarbo, planta comestível e que pode chegar a dois metros de altura.

Todo o país ressuscitava no tom azedo e incerto dessa viajante que de repente, quando levantei os óculos, havia compreendido. Cega? Eu não precisava explicar para ela que eu não estava totalmente cega, que distinguia os contrastes. Sabia que a aeromoça tinha aberto uma janela que me cercava com seu retângulo de luz e que alguém a fechara outra vez, que os feixes de um filme resplandeciam intermitentes. Eu era uma cega capaz de detectar resplendores e à distância também a compaixão alheia que se seguia ao espanto. Cega? A compaixão me fazia tremer de raiva. Cega! Disse de novo. Sente-se, insistiu a mulher, mas eu não conseguia me mexer. Aquela piedade tinha me deixado paralisada. Tinha me plantado ali enquanto minha memória viajava veloz até o passado. A mulher deve ter pensado que eu não a entendia, e como se eu fosse um cão adestrado em inglês britânico ela levantou a voz e disse, sit, senhorita, senão vai cair, sit! Shit, pensei, mas em vez de xingá-la murmurei um breve sim e outro sim, já ouvi, senhora, e até entendi. Falo o mesmo castelhano que você. Me virei e me sentei prontamente, conectando o walkman para escutar qualquer livro, e pondo e apertando o cinto de segurança até a asfixia.

CONEXÕES

Afundada em outra cadeira de rodas eu quis ser um espectro que retorna em segredo para cancelar velhas dívidas e em vez de esbarrar desajeitadamente no mundo o atravessa sem senti-lo. Mas ao rodar em meio à turba do aeroporto o fantasma que eu ansiava ser percebeu, sobressaltado e estupefato, ou seja, eu sobressaltada e admirada, que voltara a me materializar. Tinha sido reconhecida. Alguém gritava aquele Lucina que o hagiológio registra, à maneira de uma errata etimológica, como Lucila ou Lucita ou Lucía, ou até mesmo como Luz, que se aproxima tanto de Luzbel, o lumínico demônio. Sob os efeitos alucinógenos da anestesia, minha mãe, que até então não professava senão as doutrinas pediátricas, pensou ouvir que a filha que eu começava a ser tinha balbuciado um nome. Lucina!, pulou minha mãe ao me ouvir chorar entre suas pernas, e em êxtase o repetiu, para se certificar. Lucina. Vítima eu também de um desvario, era essa palavra que eu tinha a impressão de estar ouvindo no corredor do aeroporto. Lucina. Foi aumentando os decibéis, Lucina! Antecipando-se ao corpo que a emitia como o relâmpago se adianta, por segundos, ao trovão. Vinha me seguindo a toda velocidade. Lucina?, dizia, duvidando, cada vez mais perto, com uma inflexão nasal inquisidora, abrindo caminho entre as pessoas. Senti sua respiração agitada e depois um espasmódico o quê?... aconteceu...? E sem esperar a resposta que eu não pensava em dar repetiu a mesma coisa, embora mais formal, um o que aconteceu com você, Lucina? ainda agitado pela corrida. Por que está numa cadeira de rodas? Quebrou algum osso? Tive vontade de saltar com rodas e alavancas em direção ao futuro ou de pular no passado como no vazio, mas não, me corrijo, pensei *ipso facto*, no passado não. O portador dessa voz só podia provir de um tempo pretérito ao qual eu não queria voltar. Não havia escapatória. O encarregado de me empurrar parou para permitir o avanço torturante do interrogatório. Agucei o ouvido sem conseguir localizar a voz na névoa de minha adolescência. Sem fazer perguntas para não me delatar eu ia seguindo o que ele me dizia em busca de pistas. Tinha demorado para me reconhecer, com aqueles óculos pretos. Parecem do Dina,[3] disse, para depois se emendar. Está viajando escondida? Mais como uma cega sifilítica, pensei, rezando para ele se

mandar; e como se adivinhasse a impaciência que me crescia por dentro como erva daninha ele se corrigiu de novo, mas ficam maravilhosos em você, são nova-iorquinos? Da China, murmurei, made in China ou Taiwan ou em algum lugar da Índia. Importados diretamente da rua. (Você que me deu de presente, Ignacio, agora está usando uns iguais.) Ficamos em silêncio. O funcionário voltou a empurrar a cadeira, mas o interrogador se recusava a dar por terminada a cena de nosso frustrado reencontro. Continuou, preenchendo as pausas, dizendo em voz alta que Nova York era uma cidade fan-tás-ti-ca, que as coisas que aconteciam lá eram in-crí-veis, ab-sur-das, como era possível que numa mesma ilha pessoas tão imensamente ricas convivessem com maltrapilhos que já não se viam nem no Chile? Tinha subido no metrô com uma tropa de esfarrapados que certamente tinham entrado às escondidas, e só mais tarde foi

3 Sigla para Dirección de Inteligencia Nacional, a polícia secreta de Augusto Pinochet.

compreender que eles dormiam nos vagões ou nas plataformas ou entre ratos tão gordos que pareciam ratazanas. Eu o ouvia perguntar se eu não tinha ouvido falar do capitalismo selvagem, da falência do Estado e do sucessivo fechamento dos albergues. Não dizia nada, eu, porque ele agora estava falando do motivo de sua viagem. Do onze de setembro. Do primeiro aniversário. De uma reportagem especial. Se eu soubesse que você estava lá, disse, porque estava, né?, porque ninguém queria falar disso com você, ninguém, até que puxando o fio da meada, deu com a coisa.
Você nem imagina, disse, embargado. E depois pôs entre nós a palavra sucesso. Imaginei um repórter inflado, sufocando de emoção enquanto falava. Descobri que faltava gente no levantamento, imigrantes ilegais, alguns chilenos! De-sa-pa-re-ci-dos, disse, e eu pensei nessa palavra gasta, querendo, por um momento, desaparecer também. Estávamos descendo uma escada rolante e ele estava atrás de mim, falando, ninguém revelou isso ainda e eu vou revelar, minha equipe e eu, mas a assinatura vai ser a minha. O nome. Quem seria ele?, pensei, embora pouco me importasse, mas meu hemisfério esquerdo percorria aceleradamente o arquivo de velhos nomes e de rostos esquecidos enquanto o direito, também com veemência, se perguntava, sem corar, se teria sido ele que me vendeu oportunamente as glórias de uma transição negociada. Eu masturbara seu sucesso no banco de trás de uma Citroneta antes de desaparecer, eu, sem explicações, deixando meu nome para trás. E quando é que a tua reportagem vai ao ar?, falei por falar, sem pensar

que não podia ser em outra data senão em onze de setembro. Daqui a dois meses. As pessoas, exclamou, iam saber a verdade, e o funcionário, que tinha apressado o passo da cadeira, freou sem aviso, me jogando para frente. Que verdade, pode-se saber?, perguntou, rebelde, o funcionário, como se lesse meu pensamento, mas fazendo a pergunta com sotaque peruano. As conexões entre o nosso onze e o deles! Não dá pra sacar? E dirigindo-se a mim novamente, o repórter, como se exigisse uma cumplicidade gremial, de jornalista ele, de ex-jornalista eu, arrematou, não acha essa coincidência do onze alucinante? Não é coincidência nem é repetição, disse eu, entediada. Não passa de uma estranha imagem dupla.

OPERAÇÃO DE RESGATE

Meu pai chega para o resgate e me tira do ensimesmamento. É dele aquela mão ossuda de torniquete que cai sobre meu ombro. É dele o esqueleto debilitado, o longo fêmur ao qual me agarro. Ele se inclina para me dar um beijo na testa e eu estendo meus dedos para percorrer seu rosto tentando decalcá-lo na palma da mão. Eu o toco como a cega profissional na qual estou me transformando. Meu pai está vivo, penso, está vivo aí, no interior de seu corpo. Então sua voz, a palavra filha, insinua-se entre o alvoroço dos passageiros esperando as malas e em meu tímpano ressoa sua frase de alívio, precisei insistir para me deixarem entrar pra te buscar. Imagino que deu uma gorjeta ao funcionário para que desaparecesse, e diz, meio deslumbrado, juntos outra vez, Lucina, minha filha. Diz isso esperançoso e pesaroso, e sei que o tom esperançoso é para a filha, e o pesaroso, para Lucina. Ninguém além do meu pai gasta sua saliva para juntar ambos numa só palavra composta: a filha está aderida a mim, colada como uma sombra palpitante a minhas costas. Essa filha e eu somos para ele uma mesma pessoa num mesmo dilema. Deve estar nos observando muito sério, tentando não sentir nada, meu pai, fingindo ser um homem de papel machê. Se eu o auscultasse poderia ouvir suas palavras fazendo eco contra as paredes de seu corpo. Mas o centro de meu pai não está totalmente vazio. Na altura de suas sobrancelhas e bem atrás de seus olhos há máquinas de todo tipo: um motor enorme que o impele, lentamente, para frente; um relógio pontualíssimo, uma memória extraordinária, apta para lembrar detalhes indispensáveis e também inúteis. Há também um coração castigado num canto escuro que ninguém percebe, a não ser, talvez em segredo, minha mãe. Mas o risco de um desajuste ronda todos esses mecanismos. Se a tensão aumenta. Se alguma emoção aguda. Sinal de perigo, e aí. Me assusta pensar agora na parcimônia de meu pai como um possível corte de circuito. Um corte da fala chamado emudecer ou um recorte de concentração que poderia nos impedir de chegar em casa. Não é nenhum mistério que meu pai resolva seus problemas pela via da distração. Senta em seu velho Dodge como um tripulante de uma nave espacial e perde a consciência do exterior, e nesse transe mantém longas conversas consigo mesmo, ou dá aulas de medicina interna, ou profere palestras, e discute, argumenta, gesticula, até que se encontra no estacionamento do hospital onde ainda trabalha. Chegou pontualmente sem saber como, que avenidas pegou, em que semáforos parou. Podia ter esmagado um gato e não saber disso. Mas ele desce do carro e então começa sua verdadeira função, a de médico infalível em assuntos do coração. De corações organicamente em desequilíbrio. Corações que precisam de marca-passos. Carótidas entupidas. Artérias obstruídas. E meu pai, por se dedicar apenas a catástrofes cardíacas não amorosas, não sabe nada sobre retinas estragadas. Sei que vai me pedir, como de hábito, os exames, e eu, ainda sentada em minha cadeira de rodas, me preparo para que ele peça só para lhe dizer que não trouxe nada. Não trouxe nada, papai, digo. Nenhum?, responde ele, e eu respondo que não, que nem as angiografias nem a tomografia óptica nem os fundos de olho. Deixei lá centenas de imagens brutais. Deixei a perimetria porque era deprimente. Não pedi cópia de nenhum laudo. De nada serviriam pra você, digo, encerrando a conversa. Meu pai possivelmente fica pensativo e depois murmura um sei, Luci, filha, que é quase um resmungo. Nunca quis que você fosse meu médico, ser meu pai é mais do que suficiente. O silêncio está tão carregado que parece ranger, meu pai o atenua falando. Não era para eu vê-los, porque eu não entenderia, confirma em tom compungido. Porque os olhos de agora já não são os de antes. Fica outra vez em silêncio e dá uma olhada, estou convencida, na esteira quieta e ainda sem malas. Depois me diz, embora diga mais a si mesmo, pois seu murmúrio é quase inaudível: há meio século os olhos eram outros. Nós os examinávamos a olho nu e era muito pouco o que víamos. A medicina que eu estudei ficou velha, explica, e é verdade. Tudo isso ficou à margem de um caminho pedregoso onde placas tortas e oxidadas se batem com o vento. Meu pai é uma espécie em extinção. Não pode fazer mais nada além de vir pegar minha bagagem e encontrar minha mala. A esteira começa a se movimentar, começa a regurgitar volumes de diferentes tamanhos e meu pai me pergunta com aquela serenidade toda dele de que cor ela é. Azul, digo, com rodinhas. Isso é tudo e isso lhe basta. Aqui está, agora podemos ir.

PIJAMAS VELHOS

(Esse é o pai que eu ia te apresentar quando você chegasse, Ignacio. Um homem coroado por uma cabeleira grisalha e crespa que um dia foi frondosa mas já começava a ralear; a brisa levantava e despenteava seus cabelos fazendo com que ele parecesse um médico absorto ou triste, alto mas encurvado pelo peso das sucessivas mortes que a vida o obrigara a observar. Agora meu pai ia ruminando, arrastava minha mala e dava seus habituais e longos e inalcançáveis passos sem perceber que eu mancava agarrada em seu braço. Eu envelhecera sem aviso prévio, estava cheia de achaques, a rigidez neurótica dos quadris tinha piorado durante o voo. Cada movimento detonava uma fisgada tensa na virilha. Não consigo ir tão rápido, papai, espere um pouco, falei. Estamos quase lá, respondeu, meio distraído, sem perceber minha dificuldade, imerso que estava em calcular a distância: não são mais de cento e vinte e quatro metros e alguns centímetros até a entrada do aeroporto, depois quinze até o parquímetro, anunciava com precisão militar enquanto eu continuava arrastando as pernas como um pinguim pelos ladrilhos frios do inverno. Soltei seu braço e disse que fosse na frente. Eu não consigo. Meu pai diminuiu a passada e aproveitou minha exagerada lentidão para retomar o tema médico. Filha, disse suavemente, renunciando dessa vez a seu instinto autoritário, não seria melhor você se operar no Chile? Mordi os lábios, Ignacio, mordi os lábios para não dizer a ele que não tinha vindo pedir mais opiniões médicas, que já havia peregrinado por consultórios suficientes e nenhum deles me dera nada além de angústia. Tinha vindo dizer que precisava deles e que nunca mais queria precisar. Papai, murmurei, já conversamos muito sobre isso. Eu estava exausta e sabia que meu pai tirava proveito de meu esgotamento. Resolvi me abandonar por um momento à pausada, entrecortada, mas precisa investigação científica de meu pai, a seu discurso terrivelmente convincente. Meu pai era a única pessoa capaz de me fazer fraquejar, mas eu tinha aprendido a me blindar. Tentando me esquivar de seus argumentos, minha cabeça migrou para os aspectos menos razoáveis de meu pai, seus aspectos mais discutíveis e nostálgicos, os mais incoerentes, os mais inexplicáveis num médico de sua estirpe. Meu pai metido nuns pijamas largos e muito surrados, quase transparentes, com os quais você o veria passear como um nudista pela casa. Meu pai apaixonado por aqueles pijamas trazidos de Nova Jersey há mais de trinta anos e que ele se recusa a jogar fora, apesar das súplicas de minha mãe, que lhe oferece pijamas melhores, mais macios e principalmente mais apropriados, mais decentes, diz minha mãe, tudo incluído, em vez de rasgá-los, retalhá-los, transformá-los em pano de chão para que as células já bem mortas de meu pai grudem na sujeira e tenham alguma utilidade. Pensei em meu pai meio pelado, meio vestido, meu pai exibicionista, meu pai, sim, buscando argumentos para validar suas acusações de ser, eu, uma filha pouco razoável, sem muita consideração, teimosa como minha mãe. Mas o caso aqui é que ele próprio era teimoso e não levava em consideração a vergonha e o pudor dos outros. Dos vizinhos que espiavam pela grade. De Olga, que já havia perdido a curiosidade. Até você, quando viesse, desviaria o olhar. Mas, filha, respondeu meu pai, elevando, surpreso, o tom de voz, o que é que os meus pijamas têm a ver com isso? O apego a um pijama não é a mesma coisa que o apego a um médico, acrescentou, aposto que ruborizado. Justamente, papai, um médico é muito mais decisivo que um pedacinho de pano. Eu confio nesse médico, só isso, você devia entender. E com isso a discussão terminou. Continuamos caminhando a passos lentos, os dois calados, cada qual imerso em seus pensamentos, e de repente eu soube ou senti, Ignacio, que estávamos há muito tempo dando voltas em busca de seu velho Dodge. Papai, falei, entregando-me por um momento ao papel de filha, falta muito?

Estamos quase chegando, respondeu, mentindo, decerto. Meu pai nem se dera ao trabalho de procurar o carro, tinha esquecido o motivo de estarmos ali. Andávamos perdidos entre milhares de carros, mas o ar nos empurrou com suavidade. As portas se destravam. O motor é ligado. A cordilheira, perguntei, está nevada hoje? Nevada não, nevando, corrigiu ele, secamente; mas não dá pra ver nada, o ar está muito sujo. O céu de Santiago não é mais o que era, disse meu pai, melancólico. Abri a janela como quem abre a pálpebra e tive a impressão de estar vendo a cordilheira nevada até embaixo, ela resplandecia ofuscante em minha memória. E tirei a cabeça para inalar aquela brisa carregada de partículas tóxicas que testemunhava meu regresso. Deixei que a sujeira penetrasse meus pulmões pressentindo, ao longe, latidos de vira-latas invisíveis.)

MÃO DE FERRO

Ela se atirou no meu pescoço, minha mãe. Era uma medusa, uma água-viva, um flagelo do mar, um organismo de corpo gelatinoso e tentáculos que provocam urticária. Não havia como fazê-la desgrudar. Seu corpo se contraía como se soluçasse e exalava um concentrado cem por cento letal. Intoxicada pelo veneno materno eu teria de sofrer um desmaio, cair desfalecida, eu. Mas nada de desmaios nem desfalecimentos. Nada de éter nem de bofetadas histéricas. Apenas um pouco de tinta para dar contraste a uma cena opaca, a de minha mãe me esperando na entrada, empinada sobre seus sapatos, dando batidinhas com o salto sobre as pedras. Tinha se levantado ao amanhecer, tinha trabalhado erraticamente nas primeiríssimas horas da manhã para poder deixar, mais tarde, os últimos pacientes graves com uma tropa de internos aspirantes a pediatra. E carregada do cheiro de hospital, do cheiro de crianças vomitando nela o pus dos pulmões, minha mãe voltara para casa. Furando sinais vermelhos. Passando sobre faixas de pedestres e lombadas sem diminuir a velocidade. E agora estava lá fora, agarrada na grade, deixando-se encharcar pela chuva. Como seria perfeita a cena de nosso reencontro com a água caindo sobre nós. Caindo a cântaros. Chovendo canivete. Pregando-nos no chão. Mas eu me lembraria da percussão da água sobre o teto do Dodge, me lembraria tanto de um aguaceiro quanto do frio penetrante desse inverno. Não chovia, não chuviscava, não caiu nem um mísero granizo assassino. Só neve desaguando sobre os picos de algumas montanhas distantes. Só um vento pelando as árvores, despenteando as folhas e levando-as em redemoinho. Combatendo essa corrente de ar impertinente, minha mãe devia ter ajeitado o cabelo recém-saído das mãos do cabeleireiro, devia estar jogando a cabeleira para baixo para lhe dar volume enquanto seu marido, que ela teimava em chamar de velho desde que eram jovens, estacionava sobre o cascalho. E minha mãe talvez ainda alisasse uma mecha dura de laquê concordando mansamente com seus próprios pensamentos. Talvez ajeitasse os óculos sobre o nariz, talvez metesse a ponta de uma unha pintada na boca ao me ver descer do carro como uma noiva de preto. Uma noiva de luto de braço dado com meu pai. Essa é outra lembrança inventada pela qual brotam uns dedos que energicamente me separam do velho, o da minha mãe, que agora também é quase uma anciã. São o braço, e a mão, e os músculos invencíveis de minha mãe, que querem me levar sem manqueiras nem escorregões até a porta, querem me salvar desses degraus traiçoeiros e me ajudar a cruzar umbrais que não levam a lugar nenhum, me proteger dos machucados nos móveis. Das armadilhas postas nos cantos. Da antena da tevê que podia cravar-se em meus olhos. Do fogo da cozinha, da fervura das panelas, do fragor da chaleira. Minha mãe me puxa porque a casa inteira está armada contra mim. Me aperta com mão de ferro, enfiando as unhas pelas frestas do pulôver até enterrá-las em minha carne. Arranhões. Cortes profundos. Feridas que não cicatrizam mais: estou me esvaindo em sangue. Pedir ajuda a quem? Meu irmão mais velho está reunido com alguns clientes mexicanos ou talvez colombianos e não pode atender o telefone; manda recado por uma secretária que deve ser uma garota sublime de salto alto e blusa decotada, mas que também poderia ser uma velha esticada que modula a voz como se fosse jovem, e essa, ou a outra, me dizem que o senhor Joaquín irá me ligar quando estiver livre. Diga a ele que estou em Santiago sendo devorada por uma delicada flor carnívora. Mas a mulher desliga antes que eu termine. Só escuto no fone o irritante som contínuo de uma máquina que registra, monótona, minha parada cardíaca no momento em que ocorre. Melhor assim, penso, meu irmão mais velho tem seus próprios rolos, seu próprio humor, áspero, negro demais para que se dê ao trabalho de atender seriamente a meu pedido de socorro. Recorro então a meu irmão caçula, outro luminar desapegado que em poucas palavras contundentes me avisa que está a caminho, que já está chegando, que já chegou. Toca a buzina antes de entrar e de se sentar para o almoço. Me dá um beijo melado na bochecha. Hey sis, diz, na maior, cortando a palavra em dois, traduzindo-a para o inglês. Um velho costume que importamos de Nova Jersey. Como foi o voo, sis, conseguiu dormir? Senta-se à mesa, enfia um pedaço de pão na boca e ainda mastigando murmura um mamãe, você podia relaxar um pouco, né? A Luci não consegue comer acorrentada assim. Posso pensar nos enormes olhos negros de meu irmão caçula, em sua voz profunda e em seus olhos de carvão. Minha mãe, que há meses se esqueceu de sorrir, solta uma gargalhada lunática e me deixa livre. Meu pai, sem saber o que está acontecendo ou também se fazendo de louco, deixa sua grande mão cair sobre a minha e me algema com seus dedos. E meu irmão, mascando algo que a julgar pelo estalido deve ser um pedaço de cenoura ou de aipo, diz, pausadamente, mas você não está totalmente cega, ou está? Ouço suspiros ao redor da toalha e a música estridente de um garfo caindo sobre a louça, e a entrada discreta de Olga com uma travessa, e sua imediata saída de cena sem se atrever a interromper para me cumprimentar. E sem notar que já está quase armando um bafafá, meu irmão Félix faz, com toda calma, seus nervos amputados são herança do meu pai, outra pergunta impergúntável. Onde vou me operar, afinal. Como onde?, digo, elevando o tom mas me segurando. Nunca houve a menor dúvida quanto a isso. Depois falamos nisso, em outro momento, intercede minha mãe, me dando por baixo da mesa um pontapé que estava destinado a outro comensal. Não há nada a ser discutido, começo a dizer, afastando de mim um prato de talharim gorduroso que de qualquer forma eu não ia conseguir levar à boca, derrubando, de passagem, uma taça de vinho tinto. Não vou ver esse oftalmologista, digo, sentindo um revoluteio de guardanapos caindo sobre a mesa. Não se lembram de como foi aquela visita? Há mãos que secam o vinho, Olga reaparece levantando meu prato e limpando por debaixo dele. E eu consigo segurá-la e lhe peço que sente, porque ela é parte de nossa vida, embora meus pais resistam a aceitar o fato, porque preciso tê-la como aliada, porque mesmo que seja do contra ela deve participar dessa conversa, e não colocar seu ouvido surdo atrás da porta. Não vou me consultar e muito menos me operar com esse especialista que despreza seus pacientes, seja ele formado em Harvard ou um epígono de Barraquer. Melhor meu doutor pós-soviético, que se dá ao trabalho de me explicar meus olhos e não corre para pegar na faca como essa agressiva eminência chilena com um diploma igualmente gringo. Não iria vê-lo de novo nem que se tratasse do Deus todo-poderoso metido num jaleco branco e encardido. Alguém ajeita minha taça, mas não é Olga. Alguém solta um suspiro de frustração e desconfio que seja minha mãe. Cancelem a consulta, insisto. Porque não vou nem amarrada. Nem anestesiada, me ouviram? Não vou nem morta.

BURACOS

Se você não estiver exausta, disse Félix entrando no quarto com pés de chumbo, se você não estiver absolutamente esgotada te convido para dar uma volta. Pelo centro, disse, tenho um novo projeto que gostaria de te mostrar. Me mostrar? Te contar, respondeu, editando as palavras, acrescentando, sair para dar uma volta! Saca? Sacar? Tirei os fones de ouvido deixando o capítulo de outro romance lido ou ouvido pela metade. Desliguei o aparelho e o joguei sobre a cama. Eu me atiraria na rua e sem olhar a atravessaria entre o rugido dos carros, arrombaria a porta para entrar num carro qualquer, meteria eu mesma o pé no acelerador contanto que saísse dessa casa. Precisava de ar fresco, embora o de Santiago fosse radioativo. Já vamos falar do que interessa, assinalou meu irmão ajustando o cinto de segurança e prendendo meu corpo com o cinto do passageiro. Antes de dar a partida e ganhar velocidade, pude espiar com os olhos da memória, os olhos da mente que depois compõem a lembrança, pelo espelho retrovisor. Félix olhava para trás, eu mantinha os olhos fixos e perdidos adiante. Quando nos pusemos em movimento Félix começou a me falar da torre em que estava metido, até o pescoço, disse, com sua equipe. Mas para que mais torres, pensei eu, as torres são monumentos em decadência, é só levantá-las para que alguém venha derrubá-las. Mas meu irmão urdia seu solilóquio com os detalhes modulares do desenho, os comprimentos e larguras de cada andar, de cada uma das janelas, soltava nomes de materiais, ângulos de inclinação, cálculos de resistência. Falava absorvido pela renovação arquitetônica do centro, pela urgência de criar espaço para o novo, pelo histórico daquele terreno baldio. Eu o ouvia em silêncio, pensando que a essa hora insossa da tarde estaríamos rodeados de vans lotadas, de táxis lotados, de alguma carroça vazia do mercado central, que seríamos escoltados por carros brilhantes e insolentes destinados a nos deixar para trás. Pensava e quase via o rio barrento e hostil que Ignacio chegaria a sentir como seu, como tudo, como excessivo. Eu me esforçava para prestar atenção no que meu irmão dizia, tão jovem e eufórico, tão indolente. Deixava que fosse salpicando o mapa em minha memória visual com pedaços soltos da cidade, suas avenidas sujas e o contorno das esquinas, letreiros escritos à mão com erros de ortografia, armazéns de roupa americana usada, os cafés do centro com garçonetes seminuas, certas ruas que todo chileno conhecia e que depois eu apresentaria a Ignacio, cabines telefônicas quebradas, carrinhos de *mote con huesillos*.[4] À tua esquerda vai ficando a praça Itália (e me veio à mente a praça, Ignacio, a que agora também está

4 Típico refresco caramelado chileno, feito com grãos de milho e pêssego desidratado.

gravada em teus olhos, a praça com seu Ícaro segurando uma desmedida tocha de bronze) e à direita, apontou, o ex-Normandie reformado, ou seja, readaptado (o cinema onde vi desoladores filmes russos na sessão da meia-noite, morrendo de frio, morrendo de sono) e aqui, a voz de Félix interrompia minhas lembranças, aqui o Cerro Santa Lucía e seu mural da fundação de Santiago (cada palavra uma pincelada de cor em minha cabeça), você sabe onde estamos? Eu apenas assentia diante do formato panorâmico em que meu passado santiaguino ia transcorrendo dentro de mim. O carro sulcou a cidade como um bólido até que chegamos ao palácio de La Moneda, que imaginei branco, imaculado, anterior ao estouro das bombas e dos helicópteros militares nos sobrevoando, e em meio à imaginada ofensiva com a trilha sonora do ditador anunciando sua nefasta vitória, filtrou-se a voz viva, gutural e articulada de meu irmão Félix discorrendo sobre os metros que a torre teria, sua torre, a de sua equipe fantasma, quando estivesse completa. Félix, disse eu, interrompendo-o, e os buracos? Em La Moneda?, como é que você pensa numa coisa dessas, respondeu com impaciência, se já a reconstruíram há séculos! Mas eu me referia aos edifícios da frente, atravessando La Alameda, pelo passeio Bulnes, aos velhos edifícios com paredes tingidas de tempo e de pólvora, perfurados, particularmente nos andares mais altos, por funestos tiros de bazuca. Ah, sei, disse, eles continuam lá, sim, os buracos abertos, e nos edifícios menos visíveis das ruas contíguas o que resta são os buracos das metralhadoras disparadas por franco-atiradores posicionados nos telhados das imediações. Por que pergunta? Não tenho certeza, me ouvi responder. Tenho o passado amontoado nos olhos, falei. E falei também que estava pensando nos estilhaços do golpe, tantos estilhaços carcomendo o concreto com seu ácido. E pensei também, mas isso eu não disse a ele, que aquelas paredes tinham presenciado tudo, mas agora estavam vendadas por uma grossa camada de fuligem que se soltava só a cada punhado de anos, durante os terremotos.

ESTILOS DE SUICÍDIO

Estamos voltando. Entre um semáforo e outro meu irmão se anima a pedir os detalhes clínicos de meus olhos. Os pormenores técnicos da intervenção. O controle de qualidade dos instrumentos. O contrato com o seguro que exige meu expediente antes de autorizar a cobertura. Pergunta que opções foram consideradas pelos médicos: o prognóstico ou a prognose, essa palavra que soa mais a doença do que a remédio. E o que você vai fazer?, pergunta meu irmão sem ousar terminar a frase. Se as coisas não derem certo?, pergunto eu sem ousar ser exata. Ninguém se animou a formular essa hipótese. Suspendi o futuro enquanto espremo, sedenta, o presente. Mas o que você vai fazer, insiste meu irmão, se a coisa não der certo? A coisa é a operação e não vai ser uma, mas duas. Tenho duas oportunidades, digo. E se ambas fracassarem? Finjo refletir por um instante mas estou em branco, e nessa nuvem surge uma resposta que eu não tinha considerado. Me suicidar? Outra nuvem, que agora é de silêncio. A cara de meu irmão deve ter se crispado; seus olhos lerdos piscam em câmera lenta enquanto os meus se esqueceram de fazê-lo. Posso adivinhar em sua voz comedida, mas sarcástica, que não acredita que eu seja capaz disso. E como você faria isso, nessas condições?, não ia precisar de alguém pra te dar uma mão, te emprestar pelo menos um olho? A frase do meu irmão é como uma alfinetada, me desperta. Me emprestar um olho, penso, entesourando a imagem o quanto posso. Silêncio. Está muito quieta, diz Félix. Sim?, digo eu, deixando bastante ar entre o sim dele e o meu. Sim, muito quieta, ainda não me disse como imagina o que vai fazer, aquilo, diz, e marca tanto as palavras que posso vê-las em cursivas, esmagadas pela ironia. Como vou fazer aquilo, me pergunto secretamente enquanto vou rebobinando a fita dos suicídios na memória. Dou um play nos suicídios paradoxais. A letra daquela canção explica: O que te faz viver é o que, em excesso, poderia te matar. O coro repete: Excesso de sol, de açúcar, de água, de oxigênio. Excesso de amor materno. Excesso de verdade. Do que você está falando?, interrompe Félix, que, enquanto dirige, não está para sutilezas. Estava me lembrando de uma amiga que no extremo depressivo de um quadro de mania galopante me ligou para pedir insulina. Recebi duas vezes esse telefonema, de duas amigas diferentes, digo. E o que você fez?, quer saber meu irmão, se perguntando em seguida como é que com ele essas coisas nunca acontecem, confessando que ele não saberia o que fazer. E para. O que podia fazer a não ser mandá-las para a farmácia para conseguirem seu próprio veneno?, digo. Na farmácia? Nas farmácias chilenas, repito, a insulina é vendida sem receita. Não sabia? Agora é meu irmão que se afunda num longo silêncio do qual emerge minutos depois com aprumo, com integridade, colocando sua mão sobre a minha antes de tirá-la novamente para trocar de marcha e me assegurar de que eu não vou fazer isso. Me suicidar. Ele tem razão, mas não falo nada; também não explico que nenhuma daquelas amigas se animou com a insulina. Meu irmão não faz a pergunta que espero e me pergunto por que, mas não chego a uma conclusão. Fugindo do fúnebre, usando seu humor de emergência, Félix diz. Só acho isso justificável em casos extremos. Mas Félix, desde quando você defende a morte assistida?, digo, contendo um sorriso de admiração. Começo a citar discussões furiosas dos meus pais, porque a morte, entre nós, sempre foi uma conversa de mesa. Assistimos a aulas de medicina depois de cada refeição. Tudo bem, eu não estava falando sério, diz agora meu irmão, chateado, não conte comigo. Ah, mas Félix, penso em voz alta, lamentando não ver seu rosto, lamentando sobretudo não poder acariciar suas pálpebras, sentir seus olhos em meus dedos, Félix, sussurro, suavizando, não é minha intenção, mas você podia ter aproveitado a chance. Talvez haja uma herança, e na minha ausência sobraria mais para vocês. É tão fácil uma cega cair da sacada. Tão rápido, tão seguro o desenlace. Não é má ideia, diz Félix, fazendo uma curva fechada e acelerando, porém, objeta, há um inconveniente que não levamos em consideração. Quem cuidaria da limpeza? Toca a buzina e freia diante de um semáforo e espera um pouco, explica, até que o sinal mude e eu responda. É uma preocupação um tanto peculiar, digo com voz impostada. Mas elementar, diz ele, sem abandonar seu novo personagem, e depois não fala mais nisso, e em compensação abre a boca para avisar que já chegamos, e escuto um tom repentinamente lúgubre ou triste, sinto um beijo desajeitado entre as sobrancelhas. Precisa de ajuda?, sis?, murmura, como se uma corda vibrasse no ar. Não, digo, me deixe aqui. E ele diz, bem devagar, cuidado para não bater a testa.

O INCONDICIONAL

(Se eu não te falo do meu irmão mais velho é porque não cheguei a vê-lo. Na bruma não vi ninguém direito, mas do Joaquín eu só soube de ouvir falar: mensagens enviadas pela secretária dele, um telefonema enquanto corria pela autoestrada ao voltar para casa para fazer as malas, para se despedir da mulher, que também se queixava de sua ausência, e da fieira de filhos quase clones, e das duas babás; partiria rápido e chegaria justo a tempo de pegar o avião que decolava para a China. Não tinha tempo de passar para me ver. Desculpe, disse ele, estava morrendo de vontade, claro, não se preocupe, respondi, com raiva, ressentida, ofendida como uma amante maltratada. Boa viagem, falei, sabendo por inteiro, dos pés à cabeça, que ele estava fugindo de mim outra vez. Decidi deixá-lo ir, esquecê-lo, esquecê-lo tanto que nem cheguei a te falar do meu irmão: um bom menino com má sorte, um bom sujeito e com olho muito melhor que o teu, Ignacio. Melhor tê-lo esquecido, melhor que não soubesse nada dele? De como começou a partir quando ainda éramos crianças, do dia em que voltei do hospital e desabei sobre ele como um fardo? Porque o contrato nunca escrito do irmão mais velho o transformava em meu escravo. Segurava minha mão e me arrastava pelas neves eternas demais de Nova Jersey, os dois cobertos por impermeáveis de um laranja radiante e pelos sintéticos aureolando o capuz, ele me guiava como um esquimó até o ponto, me ajudava a escalar o ônibus amarelo que nos apanhava toda manhã, me entregava o livro que eu estava lendo para que me distraísse no caminho, segurava minha lancheira e cuidava para que eu comesse minha comida e às vezes a dele, antes de examinar as sobras. Nunca meu irmão foi mais esquálido do que nessas fotos, nunca mais calado, mais insone, mais possuído e acossado. Que idade teríamos? Nove anos ele e sete eu?, oito e seis?, dez e oito? Qualquer idade e todas as idades e ao fundo uma ponte iluminada para compensar as tardes de inverno. Das janelas, espiava as luzes acesas enquanto eu lia algum livro da biblioteca escolar e minha mãe cozinhava. Joaquín continuava observando a ponte de aço, contando cada um de seus focos de luz enquanto seu corpo ia se esticando, engordando, saindo da infância viscosa como de um ovo. E ficou, numa noite qualquer, com a ponte como aliada terminando as tarefas, embora o que ele realmente fazia era esperar minha mãe acabar de lavar a louça para dizer, com a voz esganiçada do menino a caminho da vida adulta, que estudar e trabalhar ao mesmo tempo era demais. Trabalhar?, disse minha mãe, olhando para meu pai, que olhava acovardado para Joaquín. Estava apresentando sua renúncia e eles aceitaram porque não tiveram coragem de obrigá-lo a ser meu pai e meu enfermeiro e meu inspetor no colégio, além de ter de ser meu irmão, quando ele nem sequer tinha me escolhido. Ninguém o consultara. Ele só queria estudar, explicou, afundando a cabeça entre as lapelas azuis de seu paletó, estrangulado pela gravata de listras, com vergonha e com orgulho, espantado consigo mesmo. Em troca ele prometia ser o melhor da classe, restaurar-lhes o orgulho de serem pais. E então minha mãe abaixou a cabeça e disse sim, assustada, teve medo do meu irmão tão circunspecto, tão macilento, tão forjado por uma dignidade magricela, e meu pai deu uma palmadinha no ombro dele para dizer, claro, filho, claro, claro, devia ter dito isso antes. E então eu fiquei sozinha com eles, à mercê deles, aterrorizada com a vigilância que eles deviam chamar de cuidado, sufocada por culpas improvisadas e que eram só deles. Fiquei sem aquele escudo que era meu irmão mais velho e que Félix, ao nascer, tanto tempo depois, girino tão vulnerável, nunca poderia me emprestar. Fui me transformando em luz da rua e escuridão da casa por minha vocação de clausura munida de livros. Joaquín desapareceu entre seus exercícios de matemática, os três esquadros, as réguas circulares, o compasso, solitário; cabisbaixo e rancoroso meu irmão foi solucionando equações pelos corredores do colégio sem ligar para mim, adentrando nas ciências exatas, cada vez mais parecido com meu pai, mas assustado com as meninas porque todas eram parecidas demais comigo, todas queriam alguma coisa. Você vai entender por que não te contei de como meu irmão me abandonou e de como meus pais o abandonaram e depois de como eu também abandonei todos eles, todos, em busca de alguém com verdadeira vocação de sacrifício, alguém sufocado de amor ou doutrinado na necessidade de amar, alguém com uma paixão absurdamente heroica, algum suicida puro e absolutamente incondicional.)

QUILÔMETROS DE DISTÂNCIA

O telefone com seu ring irritante tocava o tempo todo naquela casa de médicos e doentes. Tocava de dia como os alarmes tocam de noite; tocava porque minha mãe não estava, ou estava, mas dormia a sesta antes de sair outra vez para atender em seu consultório particular, e de qualquer forma o telefone podia continuar tocando porque minha mãe estava um pouco surda de um ouvido e Olga, dos dois. Eu apertava os fones nas orelhas, tentando me concentrar em outro drama de heroínas suicidas que continuava girando inutilmente no gravador enquanto decidia passar para o romance seguinte. Tocava sem parar, o telefone, e responder implicava um risco. O risco de que do outro lado houvesse um doente desesperado pedindo ajuda sem saber a quem, os pacientes do meu pai eram velhos muito debilitados, mas com força suficiente para insistir em me dar detalhes sobre os novos sintomas, a lista de remédios receitados, os exames e seus resultados, seus históricos clínicos. Eram velhos salivosos, que não se deixavam interromper, manejavam com astuta inteligência a reticência. Não conheciam o ponto final. Não importava que o médico não estivesse, que eu não fosse a secretária, mas apenas uma filha de má vontade, que este não fosse o consultório, mas a casa particular. O que queriam era impregnar alguém com o vitupério da morte espreitando em seus calcanhares. Às vezes eram mães de algum paciente da minha, mães que também não paravam para ouvir minhas explicações, insistindo em perguntar, com o coração despedaçado ou cheio de estrias, mais a si mesmas do que a qualquer outra pessoa, o que fazer, o que eu faço, meu Deus, minha filha engoliu um frasco de comprimidos, as babosas do jardim, cascas de batata, ingeriu em grandes goles suicidas a parafina do aquecedor. E então eu perguntava o que estavam fazendo no telefone e não num pronto-socorro. Que desligassem e fossem correndo fazer uma lavagem estomacal. Não só o telefone era dos meus pais como também as ligações eram para eles. Só de vez em quando era para mim, primeiro uma voz de uma central telefônica estabelecendo a conexão, depois a voz de Ignacio em Buenos Aires, depois minha voz dizendo mas não, não, você está traindo nosso acordo, não ficamos de não nos falar?, não me ligue de novo. E ficávamos calados mas sem desligar, Ignacio e eu, castigados por um acordo estritamente voluntário. Tem razão, dizia Ignacio angustiado, mas eu queria te ouvir, saber que estava viva no enigma do Chile. Estou viva, a duras penas, mas viva, mas depois conversamos sobre o que pensamos quando nos encontrarmos de novo. Finalmente desligávamos e eu queria cortar um pouco as veias, mas sintonizava no romance. O telefone tocou de novo. Tocou e tocou, mas ninguém atendia. Não conseguia descobrir onde tinha deixado o aparelho, ia tateando pela superfície da mesa de cabeceira, batendo minhas unhas compridas no pé de uma lâmpada e esbarrando em obstáculos indiscerníveis, até que encontrei o telefone. Tinha parado de tocar, mas eu o levantei assim mesmo, levada pela intuição de que era Ignacio de novo, derrotado pela ansiedade que eu mesma, fria e calculista, estava lhe causando. Ouvi um sotaque espanhol, mas que não era o dele. Estava salpicado de jotas e de esses estridentes e de zês claramente madrilenhos. Um sotaque mais ríspido, muito mais rotundo que o galego de Ignacio; um sotaque que atravessava o tempo e suas turbulências. Era a voz dura de Raquel falando com a voz desolada de minha mãe, tentando consolá-la, com convicção. Com resignada paciência. Garanto, dizia Raquel, as operações vão funcionar. Minha mãe ficou um pouco quieta, como se lhe faltasse ar ou lhe doesse muito respirar. Engoliu ar e o umedeceu dentro dos pulmões, preparando-se para responder com a frieza que usava para falar do irreparável. Sem antecipar o que vinha, Raquel repetiu seu inocente senhora, tenho certeza, seja como for ela vai ficar bem. Ficar bem, repeti, espantada com sua certeza, sem saber se interrompia a conversa. Me deixei levar por aquelas vozes conhecidas que logo acabariam se estranhando. Minha mãe soltou um chio asmático e disse. E como é que você sabe disso?, por acaso é especialista em olhos? Na pausa que se seguiu vi o semblante sem jeito de Raquel crispar-se de imediato; vi pedras caindo do teto sobre sua saia. Pensei em Raquel quebrando as unhas no desmoronamento provocado por minha mãe. Não senhora, replicou então, seca, levantando a voz o suficiente, não sou especialista, apenas sou poeta. E é a partir da poesia que posso garantir isso. Senti o balbucio indecifrável de uma delas, de Raquel ou de minha mãe, ou talvez eu estivesse ouvindo a conversa de uma linha cruzada. Raquel?, disse eu, porque a conversa entre elas tinha morrido, Raquel, como vai, que surpresa ouvir tua voz.

MILITÂNCIA

Até mesmo agora, até mesmo aqui, até mesmo nesse fragmento, confesso que não foi difícil parar de escrever. Muito mais árduo era encontrar um lápis, pôr os dedos em volta dele, saber que sobre a página caíam palavras tortas e ilegíveis até para o Ignacio. Porque à medida que o mundo foi ficando negro tudo o que lhe pertencia também ficou às escuras. Agora havia vozes que completavam o não visto ou que liam para mim, sem cansaço. Podia fazê-las avançar ou recuar, interrompê-las. Escutar romances alugados suspendia a angústia de não poder escrever, me impedia de parar para pensar no que não estava escrevendo, no que jamais escreveria. Mas agora Raquel estava ao telefone como amiga e como a poeta militante que era, munida de lápis e cadernetas onde anotava alguns versos obscuros em letra microscópica. Raquel me convocava. O que eu tinha feito com o romance inacabado?, perguntou minha generala. Devia estar jogado com todas as minhas anotações em alguma caixa da mudança. Enquanto ela esperava, minha cabeça ia procurando a caixa exata na qual eu tinha posto o manuscrito inacabado, a caixa que minhas mãos tinham selado como um ataúde. O livro tinha ficado pela metade e eu não sabia quando seria finalizado. Raquel me atacava, em que ponto eu tinha parado, quanto faltava para terminá-lo, e eu não me lembrava. Minha memória era outro apagão. Não é possível que não se lembre, insistiu, e eu não disse nada. É preciso não renunciar, insistiu, e eu, não é renúncia, mas intermitência, impossibilidade temporal. Você se esqueceu de você também?, martelou Raquel, tentando ativar minha memória ou minha vontade de lembrar. Não a página, mas a identidade que o sangue tinha asfixiado. Você só pode ser você na proximidade da palavra escrita, repetiu Raquel, como se fosse preciso, mas eu também repeti, só para ser do contra, que essa era uma batalha, e eu precisava ganhar alguma: talvez já não fosse mais a Lina, talvez estivesse retrocedendo em direção ao abismo. Talvez tivesse de começar tudo de novo. Claro que não, irritou-se Raquel, claro que sim, ladrei eu, consumida por uma raiva que só fazia confirmar que ela tinha razão. Não queria nem podia ser outra agora, muito menos aquela. Só que o papel e a tela agora eram minha desvantagem. As teclas lisas que ao longo dos anos foram apagando minhas digitais eram um enigma. Nem sequer podia garantir que, quando voltasse a enxergar, se isso chegasse a acontecer, seria fácil voltar a escrever da mesma maneira. Esse romance está morto, sentenciei, e Raquel negociou um talvez, talvez esse romance, mas virão outros, porque não se escreve, disse, apenas com os olhos e as mãos, então, por enquanto, acrescentou, como quem dá uma ordem peremptória, agora mesmo, quando desligarmos, comece a escrever em sua cabeça.

HUEVADA

Ignacio estava de volta a Santiago. Regressava a uma cidade na qual nunca tinha estado. Voltava como um rumor infundado, como a calúnia colada em sua vítima para sempre. Bem cedo um táxi parou diante do número 237 da rua. A porta se abriu e primeiro saiu um pé e segundo uma perna e terceiro o crânio de Ignacio e duas grandes malas. Seu indicador esquerdo tocou a campainha, alguém foi abrir para ele. Subiu as escadas e deixou cair estrepitosamente sua bagagem. Era sua maneira de se anunciar: fazendo confusão, fazendo alvoroço suficiente para me acordar. Estava um caco, pela incerteza e por um silêncio que não sabia como romper. Quando viu as fronhas dos travesseiros se inflarem, se meteu na cama vestido. Fazia um frio criminoso dentro da casa e também lá fora, sob as nuvens sujas de Santiago, nuvens tão espessas que os raios não conseguiam atravessá-las, só a chuva, ácida e ocasional. Fazia um frio de rachar e ele estava doente. Só um pouco doente. Acentuando a tosse, as febres terçãs, exagerando o nariz congestionado, gaguejou um você está dormindo? e se aconchegou a meu lado. Assoou desafinadamente o nariz para me acordar de vez. E aí?, disse eu, ainda meio dormindo e compreendendo que ele dramatizava seu leve resfriado. Senti saudade, disse ele, fazendo voz de pássaro depenado sobre os gelos do polo sul. Meus pés parecem pedras. Vem, sussurrei com o hálito espesso, vem aqui, e me deixei abraçar e deixei que ele pusesse as mãos frias entre meus seios, que me estourasse os ouvidos de beijos, deixei até que me vendesse sua falsa gripe, sentindo uma pena infinita de Ignacio. Você devia ter ficado lá, falei. Você também devia ter ficado lá, disse ele. É verdade, e aqui estamos nós dois novamente. Como dois imbecis. É, uns bobos, mas você vai voltar comigo? Lina? Eu tinha de lhe dizer que sim, claro que sim, porque era isso o que eu ia fazer, mas não podia compor uma resposta sob medida, ainda tínhamos que acabar de dormir e deixar os dias com suas noites passarem e a luz minguar, languidamente. Para que lhe dar respostas definitivas com tanta rapidez? Íamos nos levantar apesar dos tremeliques teatrais e dos mucos no lenço de Ignacio, e depois ele me abriria sua mala cheia de cadeados, como um cofre. Era um tesouro adquirido a preço de ovo, mas de ovo podre, de ovo trincado naqueles dias da estrondosa bancarrota argentina. Uma *huevada*, no sentido mais chileno da palavra. Uma cagada dos políticos. Uma sacanagem, exclamou Ignacio, indignado, comovido, indignando-se mais um pouco. Tinha adoecido de angústia e tossiu para se aliviar e limpar a garganta e me convencer de que ele ficara mal ao ver a cidade caindo aos pedaços, mas sobretudo ao ver sua gente catando comida podre no lixo. Não só as pessoas que eram miseráveis há séculos e que também eram mais resistentes à desgraça e às dificuldades, mas as pessoas menos preparadas, aquelas pessoas que se vestem como você e eu, e não se referia à sua roupa amassada nem a meu short adormecido, mas à roupa comum das pessoas que podem comprá-la; todas as pessoas da classe média arrivista que entregava disciplinadamente seu dinheiro ao banco para ficar de novo sem nenhum centavo. Com um monte de cartões imprestáveis e um troco na carteira. E com nojo, mas também com uma avidez desconhecida, contorcendo a comissura da boca num esgar incompreensível, deixando escorrer uma saliva com cheiro de jejum, metiam as mãos nas lixeiras até os cotovelos ou se plantavam na saída dos restaurantes para brigar pelas sobras. É a bancarrota generalizada, acrescentou Ignacio entre espirros estridentes, as pessoas estão sem trabalho ou com trabalhos ruins ou com os salários congelados ou simplesmente à espera de um pagamento que não chega. Mas as pessoas continuavam trabalhando porque era melhor se matar de trabalhar do que ficar em casa de braços cruzados, era melhor queimar as pestanas do que cochilar na frente da tevê, isso se ainda não tivessem cortado a luz por falta de pagamento; melhor fazer alguma coisa do que ficar olhando a geladeira vazia com o estômago roncando de fome. E então eu, continuou Ignacio, eu que sou cuidadoso com dinheiro, eu que nunca compro nada sem precisar, muito menos agora que queremos mobiliar o apartamento, eu que tenho horror a ficar sem dinheiro num país estranho, eu, repetiu, falando como se falasse sozinho, eu que me controlo para não cair em tentação, para não ser consumido pelo consumismo (mas às vezes se excede nas compras, pensei, enquanto você fazia essa declaração de princípios), pois eu, não sei o que vai pensar de mim, mas saí gastando tudo o que tinha. Detonei até o último centavo de dólar, torrei cada peso argentino convidando completos desconhecidos para beber cerveja, taças de vinho, e paguei as contas de pessoas com quem dividi a mesa nuns botecos sujos, em lanchonetes de esquina, em churrascos familiares, porque a vaca argentina não estava em crise; cansei de dar gorjetas. E parecia estar acabando de narrar uma épica que me deixava espantada, mas acrescentou, quase sem ar, com um nó na garganta, o nariz tampado, que tinha feito isso com a ideia estúpida de frear o colapso. Você sozinho, com alguns dólares? Como um conquistador de segunda que oferece vidros coloridos? Sim, sim, tem razão, eu não sabia o que mais podia fazer, e engoliu saliva, não pude evitar, entrava como um possesso nas lojas para levar alguma coisa, qualquer coisa, tudo em liquidação, e a última coisa foi esta mala para enfiar nela tudo o que te trouxe de presente. Ouvi abrir-se um fecho éclair que Ignacio chamava de zíper, mas que alguns velhos chilenos, chilenos originariamente árabes, ainda chamavam de *marruecos*, e os dentes metálicos se abriram para que Ignacio pegasse alguns presentes made in pampa. Esperava que me agradassem, pelo menos ao tato. Porque este, veja que suave, era um longo casaco de couro de ovelha. Ovelha cem por cento argentina, cortada e costurada por mãos desesperadas. Escolhida entre centenas de casacos que as funcionárias da loja tinham desfilado diante dele com uma vaidade de outra época. Eram todas baixinhas como eu. E *morochas*,[5] falou, como se diz no subúrbio. E de cabelo bem preto e gordinhas, apesar ou a propósito da pobreza. E enquanto falava dessas moças desfilando por uma pequena comissão, Ignacio foi me entregando dois suéteres de lã e umas luvas de couro forradas com pelo de cordeiro e um cinturão de cavalo que agradou às pontas dos meus dedos, uma camiseta que parecia de veludo mas que no fundo, advertiu-me, estava mais para *peludo*. E é tudo preto? Tudo preto, disse, de um preto retinto.

O USO DOS JORNAIS

Sumido no iceberg que era Santiago, Ignacio não parava de repetir mas que frio que está fazendo, meus pés estão congelados. Tinha pés de cadáver, apesar da bolsa de água

5 Morenas.

quente e dos três pares de meias. Não usam calefação? Sim, com intervalos, era costume ligá-la de tarde. Olga abria a casa logo cedo para arejá-la, e pelas portas e janelas se infiltrava um inverno impossível de expulsar depois, com um aquecedor a parafina que, mais que calor, soltava uma fumaceira infernal. As correntes de ar sustentavam a vida familiar, obrigavam a deixar de lado as desavenças para somar-se à concentração de calor ao redor da mesa ou sobre uma mesma cama. Mas nessa casa, durante o dia só ficávamos eu e Ignacio. Meus irmãos apareciam, fugazes, nos finais de semana. Meus pais trabalhavam em horário contínuo em seus respectivos hospitais, consultórios, plantões ocasionais e consultas em domicílio. Você não está morrendo de frio?, insistia Ignacio esfregando as mãos, como se tentasse fazer fogo com pauzinhos. Eu estava treinada para aguentar o ar úmido que penetrava os ossos. Ele batia os dentes. Levantava da cadeira e dobrava as pernas para desentorpecer-se. Sacudia, apressado, um maço de cigarros, o isqueiro relampejava em meus ouvidos e eu percebia que ele tragava o cigarro apesar da gripe fictícia. Podia imaginá-lo construindo frágeis volutas que depois sua tosse forçada desintegrava, sua tosse seca e sua voz açoitada por um galego lamurioso. O inverno da minha Santiago o fazia recordar o dele, o de Compostela, e dizia novamente que quando era menino dormia junto de uma parede que drenava a água condensada do exterior, que passou a infância doente, coberto de brotoejas, com as orelhas endurecidas por frieiras. Exagerava seus males ou os inventava para não falar dos nossos. A gente precisa se mexer, decidiu repentina e previsivelmente, pondo fim a seus lamentos. Mas você não está se mexendo de um lado para o outro, como um prisioneiro? A gente precisa sair dessa casa, corrigiu, aqui dentro está ainda mais frio do que lá fora. O carro deve ter calefação, não? Sim, mais ou menos, hesitei, pelo menos o calor do motor. Quero comprar outro jornal porque o dessa casa não serve para nada. Para limpar os vidros costumava ser perfeito, pensei, e para embrulhar ovos e o peixe da feira, mas deixei que transferisse suas queixas climáticas para os jornais e depois lhe expliquei. Todo mundo diz a mesma coisa, Ignacio, aqui só há jornais de oposição, ou seja, de direita. Não há jornais de esquerda. Não há jornais de centro. Nenhum jornal com informação decente. Ignacio bufava. Aonde podemos ir? Levantou outra vez da cadeira e num rompante voltou a se sentar e a cruzar as pernas. E depois soltou um uff ou algo parecido, e disse não, não pode ser, e acendeu outro cigarro riscando outro fósforo. E soltando a fumaça de forma meticulosa repetiu que droga não poder sair. E por que não? Não conheço Santiago, disse, nunca dirigi por Santiago, e esmagando abruptamente no cinzeiro o que restava de tabaco, calou-se. Como não, claro que sim, eu te guio, conheço Santiago como a palma da minha mão. Indiquei onde deveriam estar as chaves do carro que já fora meu e que ainda estava ali, esperando fielmente meu regresso, e descemos, eu mancando um pouco, Ignacio trotando pelas escadas que levavam até a porta e a grade, e descemos também por longas avenidas que se perdem na cordilheira até alcançar, em sua descida, um dos pontos nevrálgicos da cidade, a rotunda. Ali mataram um ministro, disse a Ignacio, apontando para a frente sem saber muito bem para onde. Cobraram-lhe uma conta pendente durante os primeiros meses socialistas. Isso acendeu a chispa do que viria depois, La Moneda em chamas, a história do Chile em carne viva. Sim, assente Ignacio, que sabe tudo de política, mas nada de ruas nem de motores. Ignacio que odeia dirigir, que agora serpenteia pela cidade para se salvar da claustrofobia. Acelera um pouco para que suas angústias não o alcancem, e vira para leste seguindo minhas indicações. Deixo minha memória no piloto automático e vou lhe dando instruções tão precisas que eu mesma me surpreendo: fique na pista da esquerda, mas continue pela Costanera, ok?, é a avenida grande, e continue mais um pouco, algumas quadras, e quando chegarmos a uma rua grande com três semáforos com setas e sinalização na pista para virar à esquerda, entre, siga reto, e cuidado com a placa de preferencial que está escondida atrás de umas árvores. Assim atravessamos Santiago. Que ele virasse para cima, rumo à cordilheira. Não estou vendo nenhuma cordilheira, disse Ignacio. Tem de estar lá, falei, tampada pela nuvem densa das chaminés industriais. E lá na esquina teria de estar também o letreiro. Uma plaquinha de madeira? Está vendo? (Abra bem os olhos, Ignacio, você deve estar vendo sem ver.) Nada, suspirou Ignacio, esgotado como um cego novato. Só estou vendo um local fechado com a vitrine coberta de jornais. De cima a baixo, jornais velhos queimados pelo sol. Era nesse lugar que eu costumava comprar livros, falei, num tom inutilmente trágico, e depois: vá devagar porque tem uma lombada daqui a meia quadra. Está vendo uma castanheira gigante à esquerda? Então é na próxima rua, depois de uma banquinha verde. À esquerda deve haver um estacionamento. Dou a ele algumas moedas. O terraço do café provavelmente está coberto de plástico e tem aquecedores portáteis. Chegamos? Sim, diz Ignacio, afinando as palavras antes de espirrar. Ali nos sentamos para pedir dois cafés com leite e escolher, entre a pilha de jornais usados, um exemplar.

ANALGÉSICOS

Letárgicos, sem horários, sem rotinas. Ficávamos na cama de manhã como um casal de desempregados ou de aposentados ou de irrecuperáveis viciados um no outro. Sob os lençóis, vivíamos numa bagunça de jornais, fitas cassete e desamparo, de inércia e amassos carnívoros temperados por antigripais e analgésicos, Ignacio, analgésicos e anti-inflamatórios, eu. Ignacio estava sendo maltratado por um vírus inventado, e eu, além de todo o resto, por umas pontadas na virilha, alfinetes. Havia horas do dia, do dia, mas principalmente da imensa noite, em que a rigidez dos quadris aumentava e eu me sacudia e me contorcia cada vez que me virava na cama. Ficava quieta, assaltada por ferroadas que migravam por meu corpo para se instalar em minha insônia. Minha cabeça trabalhava até a fadiga da madrugada. A cabeça de Ignacio, em compensação, entrava em coma com os remédios e ora roncava como se grunhisse, ora não passava de um sibilo surdo e atormentado, quase um suspiro. O sono dele era intranquilo, tão exaustivo quanto minha vigília, e eu queria acordá-lo para lhe dar um pouco de sexo. Só um pouco, para poder voltar a conciliar o sono. Ignacio, sussurrei, e fiquei esperando um sinal. Do poço profundo de sua consciência surgia um ruído rouco sugerindo que, mesmo que ele não estivesse, seu corpo sim, estava disponível. Comecei pondo minha língua num canto de suas pálpebras, devagar, e à medida que minha boca se apropriava de seus olhos experimentei um desejo impiedoso de chupá-los inteiros, intensamente, de torná-los meus no céu da boca como se fossem pequenos ovos ou ovas enormes e excitadas, endurecidas, mas Ignacio, meio dormindo ou já meio acordado, resistia a abri-los, resistia a se entregar a esse desejo recém-descoberto, e em vez de me dar o que eu queria me empurrou para trás, sobre a cama, e enfiou a língua na minha orelha e nos lábios mas não se atreveu a lamber meus olhos doentes quando lhe pedi isso, teve medo, talvez, ou talvez um pouco de nojo, e em vez disso mordeu os mamilos que eram os olhos abertos de meu peito, e nessa hora eu também tinha acabado de acordar e o forcei de volta sobre a cama me esquecendo de todas as dores, e beijei o começo de suas coxas, entre as pernas que cheiravam a umidade e a clausura, e enfiei na boca a ponta de seu corpo como se fosse isso o que mais me excitasse, embora não fosse isso exatamente, não isso, e sim saber que minha língua se enfiava sob uma grossa pálpebra de pele rugosa e secreta, saber que dentro dessa pálpebra estava aquele olho cego, redondo e suave de Ignacio, entregando-se, ficando tenso em minha língua até que derramou uma lágrima, em espasmos, em minha boca. Engoli a lágrima e fui subindo pelo corpo de Ignacio até chegar ao umbigo e entrar também naquele côncavo. Mas Ignacio me agarrou pelos ombros, vacilante, ainda sem decidir se ele também devia, se eu também queria, se era possível, porque ali, entre nós, como um corte, estava a advertência do médico, as palavras médicas contra o perigo, o terror de Ignacio de me fazer sangrar de novo e de fazer meus olhos estourarem. Mas Ignacio, sussurrei, isso já aconteceu, já estou cheia de sangue. Se jogue comigo, falei, disposta a tudo, falei isso como uma atleta radical amarrada a uma corda elástica, pronta para me atirar de uma ponte de altura nada desprezível só para tentar a sorte na queda. Mas meu arnês era inseguro. Mas seu coração era delicado. Mas arrastado pela força de meu impulso, Ignacio fechou os olhos e cerrou os dentes e me pediu que pelo menos não fizéssemos contorções no ar.

EU LHE DIGO, DISSE ELA

E a porta se abria empurrada por uma voz inoportuna, posso entrar? E era Olga arrastando, em sua ladainha anasalada, um legítimo ressentimento sobre o descanso alheio. Seu trabalho consistia em limpar e cozinhar, mas havia regras não escritas: estar disponível o tempo todo, dormir aos sobressaltos, levantar de madrugada para acordar meus pais com o café da manhã e o jornal. Em compensação, todo dia ela se vingava com minúsculas desforras, que ela qualificava de dever. Ainda estão na cama? E já estava do nosso lado sacudindo escandalosamente o tapete. Pois se levantem, já são dez horas, não vou passar o dia inteiro esperando vocês. Mas não precisa nos esperar, Olga, sabemos arrumar a cama, falei, terminando de abrir meu olho mais cego, pensando, enquanto mentalmente a reprovava, que me queixar era gastar saliva. Olga jamais me permitiria alterar as normas da casa, leis dela, que quando queria impunha com mais autoridade que qualquer outro, e, quando não, se escudava na velhice. As camas dessa casa sou eu que faço, disse, este é o meu trabalho. Para isso ela recebia um salário, acrescentou, abrindo as janelas ao nosso lado sem se importar que estivéssemos dormindo ou nus sobre o colchão, agarrados apenas às pontas dos lençóis. Olga, nos dá um minuto para nos vestirmos? E pra quê?, disse, completamente imune ao ar frio, como se eu não visse você pelada desde menina, você, seus irmãos e até seu pai, seu pai, que ainda anda com aqueles pijamas velhos. Mas, Olga, isso foi há séculos, já temos pelos, cabelos brancos, pintas pretas demais, estamos cheios de calos nos pés. E além disso Ignacio não tem por quê. Olga continuou falando, se aproveitando daquela surdez tão dela. Parecia uma pregadora quando dizia quem dava banho neles quando eram pequenos, hein?, um de cada lado da banheira, eu lavava o cabelo deles, esfregava eles com a esponja e depois enxugava e vestia; sua mãe não tinha paciência nem para dar de comer a vocês, ia para o hospital e largava o problema na minha mão. Porque sua mãe, sim, como era boa para sair correndo. Parecia estar correndo do diabo. Olga acusava minha mãe de lhe empurrar sua tarefa, e secretamente a culpava por eu ter ido embora tão jovem, primeiro para um quarto precário em outro bairro, depois para o México e depois para Madri, com o pretexto de escrever, e por fim para Nova York, com a desculpa de continuar estudando sob os auspícios de uma bolsa. E éramos aliadas no rancor que sentíamos por minha mãe. Só que eu não me ressentia de sua paixão profissional, não lhe recriminava o desapego maternal nas horas de trabalho, o impossível era ela ter transferido o hospital para nossa casa, ter me transformado em sua paciente, e minha irreversível doença em sua desgraça pessoal. Ter me atormentado com seu tormento. Nunca ter me deixado ser sua filha, simplesmente. Para poder ser filha dela tive que me mandar. Ignacio continuava meio tonto por causa dos antigripais que também tomava para dormir. Entrava um vento encanado. Vesti, letárgica, a camiseta que tinha à mão, mas tiritava, de pé, junto a Olga, e decidi me enfiar na cama de novo. Nem pensar, disse ela, vão já se levantando para eu esticar a cama, e depois, se quiserem, se deitem de novo, mas não nessa bagunça de lençóis. Não viu que sua mãe fica brava comigo com essa desordem? E não é justo, eu digo a ela, disse Olga, isso sim que não é justo. Tudo bem,

Olga, concedi, mas saia um momento pra gente se vestir. E ela concordou, mas falando sozinha atrás da porta, aumentando o volume para garantir que eu a ouvisse, e vou dizer outra coisa para sua mãezinha, que se a menina quer ter um filho desse jeito, que tenha, eu cuido dele. Ignacio me passou um colete enquanto abotoava o jeans e empurrava a camisa para dentro, e era para mim que ela estava falando aquilo. (Para mim, mas também para você, Ignacio, o lance dos bebês, ela falava do filho que queria que tivéssemos para que ela o criasse.) Que Deus os abençoe com filhos para que eu cuide deles. Filhos não, eu dizia muito para mim mesma, o que eu quero são olhos, olhos recém-nascidos, só isso. Sim, resmungou Olga, empurrando a porta e entrando de novo, como se tivesse me ouvido e quisesse responder, você não precisa se preocupar com nada, além do mais, eu sei que o Senhor vai ajudar você com isso que você tem. Cure-a com seu poder, digo a ele, e ele me diz que sim, que ele vai te curar se tiver fé nele. Olga agora falava um pouco sozinha, meio ausente, eu digo isso pra sua mãe, mas ela nunca me ouve; acredite no Senhor, eu digo a ela, continuava falando, citando a si mesma, se abrisse seu coração para o Senhor não sofreria, porque o Senhor vai curar esses olhos da Luci. Rezo por isso todo dia e toda noite, rezo por isso enquanto jogo as batatas na frigideira e frito cebola, rezo até quando estou passando as cuecas do seu pai, continuava Olga, um pouco atarantada, por que você acha que aprendi a ler?, para entender a Bíblia, para honrar o Senhor, para poder rogar a ele. Até dinheiro eu peço a ele quando falta. Eu sei que ele vai trocar esses olhos estropiados e vai te dar uns novos, como se fossem recém-saídos da loja. E poderei pagá-los a prazo, sem juros? Não comece a caçoar de mim, diz Olga, muito séria, você vai acabar vendo que o que eu te digo é verdade, fala de novo, ameaçadora. Você vai ver, diz, fingindo estar brava enquanto eu a abraço.

VÃO FICAR BEM?

Em Santiago faz frio, mas na praia faz mais. Mais facas no ar e palavras de vapor morno. Mais fungos grudados nas paredes e nas molduras das janelas, mais grades e painéis de madeira para proteger os vidros de pedradas. Era preciso chegar à casa e depois desempacotá-la, tirar o pó, arejá-la, ligar o aquecedorzinho a óleo e secar as toalhas molhadas, as cortinas úmidas. Sempre fizemos isso ao chegar, todas as vezes, ao longo dos anos. Varrer as traças mortas sobre o linóleo e o couro de vaca que minha avó tinha trazido da Patagônia. Arrumar as camas. Ligar luz e água. Meu pai dirigiu o carro durante os exatos cento e sessenta e dois quilômetros da estrada panamericana até Concón dando todo tipo de indicações a Ignacio, que eu também memorizava, por via das dúvidas. Seguindo-nos pela mesma quantidade de metros e centímetros veio minha mãe, com o cenho franzido, pensando talvez em coisas que feriam como chicotadas, no trabalho que lhe dera ser mulher e na cilada escolhida da maternidade, na angústia de ter gerado um problema e não ter conseguido solucioná-lo;

tudo isso fazendo um ruído ensurdecedor em sua consciência enquanto ao fundo, sem serem ouvidas, estariam girando as sonatas de Beethoven ou talvez de Mozart. Minha mãe e meu pai indo para o mesmo lugar em dois carros diferentes para nos deixar um deles. Tínhamos de ser agradecidos a eles. E dizíamos obrigado, muitíssimo obrigado, especialmente Ignacio. (Pra que agradecer tanto, Ignacio, pra que, se éramos minha mãe e eu que íamos dever tudo a você.) Mas não nos agradeça, filho, dizia ela, é o mínimo que. E se interrompia, parecia ficar em branco, meio atordoada, e ouvi meu pai nos tirando do aperto dizendo, vamos, crianças, já pra mesa, o jantar está servido, e depois, ao me ver certamente despenteada e com cara de perdida, Lucina, filha, se ajeite um pouco para almoçar, tá bem? Não, papai, eu não tenho jeito, mas passei a mão pela cabeça, me penteei com os dedos, e ao sentir o cheiro da comida comecei a dar voltas imaginárias pelas velhas férias na praia, retrocedi anos capturando no redemoinho do tempo novelos de poeira com os pés, folhas, pó, lacas, crostas, sal, terra solta por ruas inclinadas cheias de buracos, e entre eucaliptos que nos invernos mais ferozes caíam pela raiz. Vi centenas de poentes revoluteando dentro de meus olhos. Andava por aquelas paisagens com passos que gostaria que fossem precisos, mas que estavam mais para erráticos, abstratos, passos iluminados por estrelas nuas e hostis que me levavam a praias onde um dia eu tomara banho de mar, onde as ondas se levantavam atravessadas de algas e de espuma grossa, biliosa, onde eu mergulhava e reaparecia com o cabelo coberto de lixo, sacos de supermercado, fraldas jorrando cocô. E ao fundo algum homem gritando pão doce ou casquinha. Percebi o ruído das cadeiras, dos talheres. No ar, um cheiro de pão recém-torrado. Começaram a correr pela mesma tela meus primos, sentados à mesa diante de uma miscelânea de ovos, salsichas, tomates e mortadela em pãezinhos, comendo com fome de praia, com os calções de banho molhados e o cabelo duro de sal, areia preta grudada nos tornozelos; a dona Alicia trazendo mais queijo para nós. As portas, agora trabalhadas pela umidade, rangiam, a geladeira não esfriava de tão velha, a máquina de lavar roupa não funcionava mais. E nós quatro comemos churrasco com batatas como a família unida que éramos, mas que nunca seríamos totalmente. E então minha mãe ofereceu um café instantâneo que só ela quis; e por trás do cheiro da chaleira apareceu a dona Alicia, quinze ou vinte anos mais velha. Pronunciou meu nome com um senhorita na frente e ali ficou, talvez assustada, com as solas dos sapatos rangendo contra o linóleo. Não conseguiu me beijar quando me levantei, não me alcançava, sempre fora quase anã e agora, velha, encolhera como minha memória. Mal se afastava do chão, mas isso eu tinha esquecido. Seria inútil eu me agachar em busca de sua bochecha de pele dura, brilhante, escura, imune ao tempo. Em busca de seus dedos enrugados. Em vez de tentar um beijo, virou-se. Limitou-se a me cumprimentar de longe cobrindo um pouco a boca e se fechou na cozinha para chorar como se estivesse se despedindo de mim.

Mas o choro da dona Alicia me chegou como muitas coisas, fora de hora. Eu só entendi os golpes, as pisadas, os dedos agarrados no capô do carro, quando meu pai recolheu um guarda-sol quebrado que levariam de volta a Santiago. Eu preferia a dor tenaz na virilha, que me falava numa língua compreensível. Era um aviso seco e cru, uma mensagem concreta com a qual era possível sustentar uma conversa solitária. Senti o dedo de Ignacio entre minhas costelas. Teu pai está falando com você. Vão ficar bem?, repetiu meu

pai antes de partir. Minha mãe não disse nada, ficou quieta do nosso lado até que meu pai atinou com a hora. Corria um vento salobre sobre o pátio, sobre as copas alvoroçadas dos pinheiros, sobre nossas cabeças alvoroçadas. Meu pai tocou duas vezes a buzina enquanto seu Dodge saía afundando em areias movediças.

OSTRAS SEM PÉROLAS

As leis visuais de minha memória me ditavam a paisagem. Sobre o passeio à beira-mar as gaivotas estridentes levantavam voo deixando encalhado algum pelicano sedentário; empinavam-se, as gaivotas, ao entardecer, e mergulhavam a prumo, afogavam-se em redemoinhos enquanto a maré subia com a lua e cobria a praia negra. A lua se perdia por detrás das árvores, adivinhava-se, apenas, no resplendor. A julgar por sua luz, me disse Ignacio, a lua deve estar ali atrás, e segurou minha mão para me fazer apontar com o indicador um céu estrelado, embora cruelmente órfão.

Mas a lua não podia ter menos importância para mim, me interessava mais que o mundo apressasse as voltas sobre si mesmo, que fosse abreviando a espera. Ignacio recuperou um cigarro amassado e fumou lentamente. Estou com fome, disse, soprando a fumaça. Estava com vontade de comer uns mariscos chilenos. Por que está levantando a sobrancelha? Por nada, respondi, me prometendo que se lhe fizessem mal eu não estaria lá para ajudá-lo. Dirigi-o às cegas até a pequena enseada de pescadores, por um caminho de buracos disfarçados na noite. Está tão escuro, dizia Ignacio, aguçando a vista. Continue reto, respondia eu, com indiferença. Para onde está me levando?, é perto? Na beira da praia, depois das refinarias de petróleo, quando vir os postos de gasolina, vire à esquerda. La Ostra ou La Perla del Pacífico. Ah, estou vendo, exclamou Ignacio, e seu estômago roncava, vamos lá. E ao sair do carro era Ignacio que me guiava, uma pedra, um degrau, agora tudo reto e a cadeira de vime caiu na terra dura debaixo de mim. A garçonete. Os cardápios. Uma cestinha de plástico com pães, guardanapos. Pedimos ouriços, mas estavam em época de defeso. Pedimos uns abalones, mas também não tinha. Ostras? Nunca tivemos ostras aqui. E siri? A essa hora tinham acabado. O que havia ali era *chorito al pil pil* e talvez algum *choro zapato*, e como Ignacio me dava joelhadas eu fiz a tradução simultânea: mexilhões pequenos e gigantes. E talvez amêijoas. Esses são todos os mariscos que têm? Esses e peixe, tudo muito fresco, patrão, disse a mulher, arrastando o patrão como um rastelo. Vamos pedir ceviche, sugeriu Ignacio; eu prefiro um ensopado de congro. Começamos a morder um pedaço de pão um pouco duro e um vinho um pouco morno, e quando nos trouxeram os pratos percebi o esquecimento. (Minha bolsa. A seringa com a insulina. Eu a tinha esquecido por não conseguir vê-la, Ignacio, mas também para testar você.) Ignacio saiu rápido pela senda apagada e eu fiquei sentindo o vapor do congro sem prová-lo. Amassando pacientemente migalhas de pão sobre a toalha. A garçonete veio e saiu, veio de novo e saiu de novo, quer que aqueça mais um pouquinho seu ensopadinho enquanto espera, e eu assentia para que ela se distraísse e parasse de me espiar, porque os minutos passavam e Ignacio não voltava, perdido por povoações desconhecidas, deparando com becos sem saída. Mas eu não tinha como pagar a conta se Ignacio não voltasse. Não tinha nem para um táxi, pensei, que, de qualquer forma, não circulavam por ali; não tinha nem chaves. Lá está seu marido, suspirou a garçonete, trazendo o ensopado requentado, o peixe já esmigalhado. E era ele, um ele ofegante, desgostoso, faminto, mas vitorioso, que eu, roubando da memória, montava em minha mente: Ignacio vinha brandindo a ampola de insulina como uma bandeira que cravou sobre a mesa. Pus a mão sobre a toalha. Faltava minha seringa.

PALAVRAS CRUZADAS

Revoltos e envoltos em cobertores como cachorros, com as orelhas frias, a ponta do nariz úmida. Abri os olhos num ato reflexo e entendi que tinha acordado, mas me virei de novo. A luz marinha chegava intensa pelas frestas das cortinas, falou Ignacio, e então acordei de vez para dizer que essa luz não podia ser marinha, estávamos no meio de um povoado, cercados de terra solta e de pinheiros que debulhavam suas pinhas sobre o telhado. Não me confunda. Certo, diz Ignacio, e tropeçou numa bolsa de água quente caída no chão como uma criança morta. Tomou uma ducha o mais rápido que pôde e eu também, mas me demorava tentando pegar o sabonete e encontrar o xampu. Com os cabelos pingando, fomos atrás do almoço. Nos corredores do supermercado, Ignacio se dedicou a procurar substantivos nas latas de comida, damascos em vez de abricós, ervilhas em vez de *guisantes*, *porotos* e não feijões, e então parei diante de uma prateleira e, passando suavemente os dedos como leitores de laser pelas superfícies, disse a ele: aqui tem potes em vez de latas, *choclo* em vez de milho. Não fale tão alto, disse Ignacio, e depois, o que você está tocando são olivas. Mas essas azeitonas são amarelas?, perguntei, estão mais para verdes, respondeu Ignacio. E depois ficamos na fila do caixa. E sei que no depois do depois o carro parou diante de uma banquinha, que Ignacio saiu batendo a porta, que conversou com o jornaleiro, que estendeu a mão com as moedas sobre a palma e lhe pediu para pagar com elas, que ainda lhe pesavam. (É assim que me lembro dele, como se tivesse visto com meus olhos.) E ainda mais tarde, Ignacio voltou com o enésimo jornal da semana para acompanhar em detalhes as crises que estremeciam o mundo fora de nós. Tome, isto é pra você, ouvi-o dizer. Apalpei uns caderninhos de papel barato. O que é isso?, sorri. Revistas pornô em braille? Senti a risada de Ignacio grudando em sua voz: umas revistas pornô para cegos que servem também para videntes treinados. Estudantes lendo pornô com a mão sob a carteira. E as meninas do liceu, sugeri, não podemos esquecer delas, descobrindo o voyeurismo dos dedos. É, disse Ignacio, era o que faltava, estudantes de liceus e de colégios de freiras. Tá, mas o que é isso? Não quer adivinhar? Não, não quero, vivo adivinhando, tanta adivinhação está me matando. Palavras cruzadas, disse ele, e eu, palavras cruzadas? Pra que vou querer isso? Vamos querer, corrigiu Ignacio, para não nos esquecermos das palavras. Ignacio devia ter encontrado em alguma caixa meus cadernos cheios de palavras. Não de grandes citações. Não de títulos de livros pendentes, muito menos de jornais. Palavras sozinhas que eu colecionava e que depois punha para trabalhar. Palavras que me levavam de uma ideia a outra, prescindindo do dicionário, que era o algibe estagnado das palavras. As cruzadas eram um conjunto de palavras sem sentido que se atravessavam sem outro motivo além de compartilhar uma letra. Compartilhar uma letra como única condição, pensei. Cada palavra nua e penetrada por outras em diferentes posições. Está me mandando uma mensagem cifrada? E Ignacio começou a rir de novo, para dentro e depois para fora; dava gargalhadas felizes que me desconcertavam. Deixei que risse, porque alguém tinha que exercitar a alegria; e assim, ele entre risadas, eu em meu desconcerto, fomos descendo por caminhos que se estiravam como raízes, com as janelas abertas, enchendo-nos de poeira e de eucalipto. Nos sentamos na sala. Tire o walkman, disse Ignacio, que você está virando uma autista com esses audiobooks, e depois anunciou: Vestimenta. São cinco letras, acrescentou, deixando-se cair a meu lado como um pano molhado. Roupa? Pode ser, e escreveu com seu lápis. Bebida árabe, seis letras, teria de começar com A. Áraque. Governar começado em R. Seis letras. Reinar? Ouvia o lápis arranhando o papel, preenchendo os espaços livres. Não está me dando tempo para pensar, Ignacio. Vamos ver, incude de ferreiro. Não faço a menor ideia do que seja. Bigorna. Meio energúmeno? Quantas letras? Se forem cinco, talvez Energ ou Úmeno. Mulher nobel de sete letras, sob a foto de uma velha de cabelo bem curto. Mistral! E somando palavras comemos empanadas e tomamos uma taça de vinho e mesmo enfiados na cama de repente ficou muito frio porque o combustível tinha acabado e ao abrir a porta Ignacio exclamou, porra, está amanhecendo. Mas a palavra amanhecer não evocou nada. Nada que se parecesse com um amanhecer. Meus olhos iam se esvaziando de todas as coisas vistas. E pensei que as palavras e seus ritmos ficariam, mas não as paisagens, não as cores nem os rostos, não esses olhos negros de Ignacio onde eu vira derramar-se um amor às vezes desconfiado, rude, ferino, mas sobretudo um amor aberto, expectante, cheio de miragens que as palavras cruzadas definiam como alucinação.

O AMOR TAMBÉM É CEGO

Sempre ao norte você encontrará as placas. Quintero. Puchuncaví. Zapallar. Pegando a bifurcação, um caminho de

terra que depois será de areia solta que logo depois será o oceano azul rodeado de pinheiros, infestado de albatrozes, cagado de gaivotas. Com os pés afundados na escória da praia avançamos, eu, dolorosamente, até a mesa onde nos esperam Genaro e o outro. Superando sua aversão às situações incômodas com um pisco sour na mão, e certamente mordendo a língua para não falar nada sobre quanto tempo faz que não nos vemos, Genaro nos abraça ao mesmo tempo. Mas sentem-se, diz, acabaram de chegar os lingueirões à parmegiana e um vinho branco delicioso. Sim, repete o amante de Genaro, um vinho branco delicioso. Ignacio me serve uma taça que eu mantenho aferrada entre os dedos e afasta as outras para que eu não as derrube com essa outra mão que passa por cima de tudo como um espanador. Sei que Ignacio, Genaro e o outro empunham garfos e facas como três mosqueteiros e atacam os lingueirões aos quais logo se somam três sopas de marisco e uma ou duas porções de pãezinhos *hallulla* requentados. Isso, um pedaço de pão, é o que eu consigo mastigar, dissolver na boca e engolir enquanto eles falam de pessoas que já não me dizem respeito. Vão enrolando a conversa com rigorosa cortesia. Pedem outra garrafa e eu viro a taça de uma vez. E com o cheiro de sal e iodo incrustado no nariz remonto, agora sozinha, à noite tão longa em que Genaro e eu nos conhecemos. A festa em que fomos apresentados, a sintonia imediata, a escada de emergência pela qual subimos três andares até a casa dele. Ele parou a meio caminho para me explicar. Queria me contar uma coisa. O que você quiser, falei, me perguntando o que seria aquele cheiro e ele respondendo que devia ser o desinfetante do chão. Me diga o que quiser, repeti. E sem endireitar o rosto Genaro me contou que seu namorado tinha acabado de morrer de aids. Morreu em seus braços, como morrem os amantes nos filmes, depois de uma lenta, terrível, inominável agonia. Morreu sem contaminá-lo, porém Genaro ainda tinha suores noturnos; levantava-se à meia-noite pensando na própria morte. Lembro dessa confissão e de repente compreendo que esse almoço é uma despedida. Genaro me deixará partir como o deixou partir. E enquanto tenho essa revelação entramos juntos em seu apartamento do passado e vejo que as paredes estavam forradas de quadros pintados pelo morto. Isso é um mausoléu, disse a ele, assustada, tem que tirar todos, um por um, dar um último beijo neles antes de embrulhá-los e mandá-los para um depósito do qual nunca irá resgatá-los. Esse morto não te deixa respirar, te olha de cada um de seus retratos. Genaro me olhou com horror, e depois olhou cada um dos quadros, olhou fixamente cada rosto retratado e disse sim como um zumbi que está acordando, sim, sim, mecanicamente, sim, Lucina, é verdade, não tinha pensado nisso, e desceu os quadros, neles amordaçou os olhos, deixou-os alguns dias apoiados na parede antes de enterrá-los no porão para sempre; e pintou de novo a casa de branco, comprou lençóis que não tivessem o cheiro do defunto e depois dedicou a mim toda a vida que havia acumulado naqueles meses. Mas eu o deixara, eu o trocara por um doutorado em Nova York e por Ignacio. Principalmente Ignacio, tão parecido com ele. Genaro tinha me cortado de seus afetos, tinha me vendado com sua raiva, me pusera contra a parede. Isso não passava de uma trégua. Brindemos ao amor, ao amor cego, ruge o Genaro aqui presente, colérico de vinho, e eu digo que sim, claro que sim, Genaro, é preciso sempre brindar ao amor, pegando o único lingueirão do meu prato com vontade de dar uma machadada nele. Chupo o limão da concha e empurro entre meus lábios o molusco agora coberto de queijo duro. Ignacio só abre a boca para, pensativo, dar uma tragada no cigarro; seu cinzeiro vai ficar lotado de pontas esmagadas. Pego uma em busca da reconfortante saliva de Ignacio no filtro e quando nos trazem a conta tudo entre nós já se tornou salobre e contraditório. O vento levanta uma areia que a umidade faz grudar em nossos pescoços. Genaro ri aos gritos, que caem como chicotadas enquanto repete que o amor é cego, que todos estamos cegos como minhocas, que talvez a gente não perceba isso. Fale mais baixo, diz discretamente seu amante, você está dando um escândalo. Mas todos os videntes já saíram, diz Genaro, sem baixar um decibel. Mesmo assim, fique quieto, já chega. E então o amante de Genaro se dirige a mim, envergonhado (ruborizado, depois Ignacio me dirá), não ligue pra ele, Lucina, não ligue, faz dias que está fora de si, mas em todo caso você vai se recuperar, não é? Estou calada, crispada, pensando você é um cretino e ao mesmo tempo pensando no que não dizer, mas enquanto avalio possíveis combinações, se consolo ou se insulto Genaro, se sou falsamente cortês com seu amante ou se lhe atiro os pratos, escuto Ignacio começar a falar por mim como se tivesse esquecido que eu estou presente. Não sabemos o que, diz, sem terminar a frase. Eu lhe arranco a palavra dizendo que nem o médico sabe. Mas claro, diz Genaro, de alguma maneira, de todas as maneiras possíveis, você vai se recuperar, como se recuperam as economias, que primeiro sobem e depois baixam. Não comece com a épica da economia, dou um corte, já cansada dele e do vento crestando minha pele e atirando, implacável, meus cabelos sobre o rosto. Além disso, Genaro, impérios também caem e não se levantam outra vez, e está muito frio, já é hora de irmos. É, pula Ignacio, espicaçado por minha joelhada, está anoitecendo, não conheço bem o caminho. Nos levantamos todos ao mesmo tempo e Genaro me envolve em seus braços, beija minhas faces e a testa. Promete ligar na semana que vem, ir me visitar, mas eu sei que não, que nossa história acabou nesse pitoresco restaurante de gaivotas carniceiras. Entramos no carro. Eles uivam em duo um adeus, Lucina, e grunhem um feroz adeus, Ignacio, e eu agito a mão frouxamente para um lugar onde já não resta ninguém. Nem mesmo a lembrança de Genaro.

ESTRADA APAGADA

E pegamos o rumo de Santiago por uma estrada já anoitecida às seis da tarde. O que achou do Genaro?, perguntei com os pés descalços sobre a calefação. E você, o que achou? Com isso se encerrava o questionário. Genaro já estava engatinhando com seu amante para o passado que era um seleto clube social; nós fugíamos desse círculo fechado, íamos avançando sem olhar para trás, presentes, lançados para o futuro a centenas de quilômetros por hora por uma estrada com pretensões de autoestrada. Abri a janela para ver se entrava o cheiro chamuscado de alguma queimada. Mas não havia incêndios de lixo a essa hora. Não havia nem moscas. Mas íamos com um enxame na lixeira de nossas cabeças, repassando conversas que não voltariam a se repetir e antecipando situações. Por um momento, tive a impressão de que Ignacio assentia, mas também pensei que talvez negasse com a cabeça. Ouvi-o trocar de marcha de maneira cada vez mais grosseira, diminuir bruscamente a marcha, pisar no freio; notei que fazia um ziguezague. O que houve? Por que está freando e acelerando? A noite está fechada, coberta de neblina, não se vê nenhuma luz lá fora, e, como se não bastasse, não enxergo picas nessa escuridão. Então pare de costurar e de ultrapassar os carros desse jeito. Mas não estou ultrapassando, não é isso, diz Ignacio levantando a voz, é que não eu entendo nada nesta merda de país, a estrada acaba de se fundir numa pista de alta velocidade e quase acabamos também, agorinha, de nos meter embaixo de uma carroça, uma carroça puxada por vacas numa autoestrada! Me explique isso! Vacas?, disse eu com um suspiro, me dando um tempo para pensar. Vacas ou bois ou burros ou camponeses imbecis ou como quer que se chamem esses malditos animais que quase nos mataram! Estavam sem nenhuma luz e muito, mas muito devagar, atravessando uma neblina impossível. E espere aí, porra, eu não acredito, lá na frente tem um caminhão atravessado no meio da pista, tentando dar uma volta em U! Os chilenos estão todos loucos? Loucos, murmurei, com cinismo, claro que estamos loucos, então tome cuidado com a gente. Mais louco devo estar eu, disse ele, arranhando o câmbio pela enésima vez, freando, desviando do rabo do caminhão, louco de sair de férias com uma cega. Registrei bem o golpe frontal de Ignacio, mas ele começou a rir, e esse era o jeito dele, ainda que de maneira tortuosa, de pedir desculpas pela raiva que de repente sentia, por de repente se sentir prisioneiro desse Chile que era eu, e então também comecei a rir e a chorar um pouco de tanto rir, e principalmente de cansaço. Ignacio continuou lendo as placas e dirigindo em linha reta e só quando nos aproximamos da cidade tive de adverti-lo de qual seria o próximo sinal que ele teria que procurar, que saída, que subida, que curva à direita até chegar em casa numa meia-

-noite desolada de domingo. Meus pais estavam reclinados sobre os travesseiros, seus crânios reclinados um contra o outro; de óculos, o jornal desdobrado, o computador ligado sobre os joelhos de minha mãe. Adormecidos e com a porta aberta, sussurrou Ignacio. Já Olga dormia trancada em seu quarto com a tevê a todo o volume e o rádio também ligado. Chegamos ao andar de cima e nos jogamos na cama e atiramos longe os sapatos cheios de areia. Tínhamos cheiro de mar, de marisco, de meias sujas, dos pés suados de Ignacio. Está cansado? Sim, disse, exausto. E depois acendeu um cigarro que acabou sendo para ambos e tragando lentamente a bituca ele começou a me dizer, entre pausas, aspirando as palavras, que nessa tarde. Nesse almoço, entre aqueles lingueirões e aquela sopa de marisco de loucos. E a cebola picada e as *hallullas*, Ignacio, não devemos esquecê-las. Então, disse ele. Então?, disse eu. Então comecei a pensar, disse ele. (O que eu poderia fazer para você parar de pensar tanto, o tempo todo?) Primeiro pensei nisso de um jeito meio nebuloso e continuei pensando com mais clareza depois de passar o pedágio, enquanto dirigia com você ao lado, disse ele, as ideias vagando de um ponto a outro, com a sensação de dirigir no ar. E então. Então emergiu a palavra possibilidade. A frase existe a possibilidade, embora, sei disso, remota. Remota, disse eu, ainda é remota. E eu sei, não deveríamos pensar nisso, nisso sobre o que já falamos tantas vezes. Só que uma coisa é falar sobre uma coisa, pensei eu, e outra bem diferente é de súbito abrir os olhos. Ignacio continuou dizendo com dificuldade que talvez. Que talvez nunca. Entende? Sim, respondi, claro que sim. Quem demorou a entender isso foi você. E falei então, o que quer fazer? E sem lhe dar tempo para a resposta falei que ia chover, vai cair uma tempestade, vai ser um aguaceiro torrencial. Não está sentindo?, disse. Dá pra sentir no ar.

ORDENAR

Camisetas, meias, buracos e sonhos gastos, saias, fitas cassete desenroladas, romances ouvidos e extraviados, e cabelos compridos, sutiãs, lençóis torcidos sobre si mesmos, sobre o colchão. E meus dedos com seus olhos abertos sob as unhas escolhendo e separando a roupa por materiais e grossuras: a lã irá no fundo da mala porque estou saindo do inverno, em cima as fibras de algodão e o poliéster para suportar o verão do Norte. Paro em cada peça, reconstruindo a memória das costuras e dos zíperes, desenhando onde as consegui ou comprei, quem me deu de presente, o que estava acontecendo quando as estreei. Deixo-as sobre a cama, repousando alguns minutos enquanto tomo uma ducha e apanho minhas últimas coisas, a insulina e os remédios de todas as minhas dores neuróticas. São só cinco minutos, talvez dez, meu tempo agora é sempre aproximado. Enrolada numa toalha volto para o quarto e detecto no ar o perfume indescritível e inesquecível mas sempre momentâneo de minha mãe. Mamãe? O que está fazendo aqui? Nada, diz com sua voz de luto, chamei, mas você não respondia. Subi pra te ajudar, tua roupa ainda estava toda em cima da cama, mas não se preocupe, já está organizada na mala, termina com diligente resignação materna. Abre-se entre nós um silêncio que eu vou enchendo de ressentimento. A roupa, mamãe, digo em guarda, ainda enrolada na toalha, a roupa já estava organizada. Estava totalmente organizada. Eu as selecionei e dobrei e organizei sozinha, com estas mãos, com estes dez dedos que agora têm seus próprios olhos sem pálpebras na ponta. Está vendo? Quem? Pediu? Pra você? Fazer alguma coisa? Estou latindo para minha mãe com dentes ansiosos, vou fincar as presas nela, lambuzá-la de saliva amarga. Agachada no chão, inclinada sobre mim mesma, agitada, colérica, brigando com minha mãe que acabava de se transformar numa menina trêmula, olhando-a de vez em quando com os olhos bem cegos e bem abertos, agarro a mala e a viro sobre o tapete. Apalpo a roupa toda desarrumada, maltratada, manuseada por minha mãe e com aquele perfume que lembra minha infância, vou reconhecendo cada peça, lentamente, num silêncio repleto de punhais, e ponho de novo poliéster com poliéster, algodão com algodão, jeans com jeans, a lã e, sob ela, as luvas de pele argentina, o casaco de couro, o cinto. As botas. As insuportáveis fitas de livros que nunca terei paciência para ouvir de novo. Tudo de maneira que depois minhas mãos possam encontrar. Minha mãe está tão quieta que parece ter parado de respirar, mas eu sei, como se a estivesse vendo, que morde os lábios até deixá-los brancos. Finalmente desliza por eles a palavra filha, e depois outra sílaba afônica, sem letras, como se minha mãe fosse tão pobre que não tivesse nem sons para pronunciar. Mas ela nunca foi tão pobre a ponto de ficar sem fala, e diz filha, eu só queria. Me ajudar, digo, terminando a frase dela. Me ajudar a fazer as coisas como os outros fariam. Como eu mesma fazia antes. Você não entende?, continuei, com herdada insolência. Não sei se vou me recuperar. Preciso aprender a estar cega. Não está me ajudando. Mas, filha, murmura minha mãe como se à sombra de si mesma, sabendo que tudo o que disser poderá ser usado contra ela. Tua ajuda me invalida, repito, sem dar trégua à minha mãe, que é inocente, mas também, em certa medida, culpada. Ela recebe minhas pedradas como uma mártir e começa a chorar. É um choro imprevisto e voltado para dentro, um choro tenso que abarca todas as misérias da vida que lhe dei. Escuto ela chorar enquanto fecho a mala com a roupa toda, as fitas, o estilingue. Levanto do chão e me aproximo. Não sinto nada e é melhor não sentir, melhor simplesmente deixar que meus dedos acariciem, suaves, seu rosto, seu cabelo despenteado.

CAIXA-PRETA

(De noite, rumo ao Norte, como partículas soltas. Atravessando o céu encoberto por cima da cordilheira. Velocidade de cruzeiro: oitocentos quilômetros por hora. Dez ou doze mil metros de altura. Mínima fricção, mínimo consumo desse petróleo que causa as guerras que você estuda. Estávamos na cabine pressurizada e hermética sem temer que os vidros ou as garrafas ou nosso sistema circulatório estourassem. Cabines especialmente desenhadas para prevenir tudo, menos a trombose. Os assentos não induziam ao sono, e o comandante também não ajudava, aquele piloto tagarela disposto a nos torturar com informação suplementar: a medida dos altos cumes e os metros cúbicos de água pura depositados neles, puro gelo, dizia, adepto do alto-falante. Não sei se você se lembra das aeromoças interferindo com um chacoalhar de bebidas, e logo depois a volta do comandante ao microfone para indicar, estentóreo, que em seguida iríamos direto para o Norte, que passaríamos junto às elevações e às desesperantes profundezas dos índios bolivianos antes de aterrissar em Lima, onde poderíamos descer ou não. Que ninguém se sentisse pressionado a visitar as *cholas* do duty free, lembra?, as *cholas* envoltas em suas saias enormes, nem a comprovar o quanto odeiam, com merecida aversão, os chilenos. A gargalhada guinchou no alto-falante, e com isso ele nos desejou boa noite de uma vez por todas. Finalmente ele se cala, você disse, sonolento com o coquetel de comprimidos que tinha tomado para a tontura ou o enjoo aéreo, para o pânico de aviões acidentados durante o voo e as angústias da caixa-preta. Tinha levado comprimidos para acidez e também tinha engolido isso, mas a seco. Enfiava tudo na boca sem fazer cara feia e antes que o torpor te nocauteasse você tirou os óculos cuidadosamente e me pediu para guardá-los, lembra disso, Ignacio? Cobri tua cabeça tão tua com a manta e cobri a minha também. Ignacio, sussurrei e soprei teu rosto, e depois, levantando a voz, repeti teu nome e apertei teu braço. Mas você não respondia, estava com a vontade narcotizada, parecia morto, mas era um morto todo meu. Recostei tua cabeça em meu ombro e transgredi a única proibição que você me havia imposto. Regendo--me por um protocolo que eu mesma improvisava, passei os dedos com quietude e avareza por tuas pálpebras adormecidas, sentindo na ponta dos dedos o roçar suave dos cílios, sentindo que tua pele se abria e me deixava tocar a córnea úmida, viscosa, deliciosa, e então meus dedos ávidos se acenderam, se acenderam, mas disso você não sabe, não posso te contar que agora você não consegue mais me deter. Separei a borda de tuas pálpebras e passei a ponta da minha língua por aquela borda nua que eu sentia como minha própria nudez, e logo a estava lambendo inteira, chupava teu olho inteiro com suavidade, com os lábios, com os dentes, tornando-o meu de um modo delicado, íntimo e secreto, mas também apaixonado, teu olho, Ignacio, até que as aeromoças vieram pelo corredor impondo-nos o café da manhã e pensei que você ia acordar. Deixaram e tiraram bandejas e pouco a pouco você começou a ressuscitar. Senti você se mexer, se esticar para frente, resgatar um sorriso e afundar um dedo na minha bochecha. Dormiu bem?, perguntei com cautela, e você disse com uma nostálgica intuição que havia semanas não dormia assim, com tanta intensidade, tão contente por estar em lugar nenhum, esquecido de uma espera que continuava se acumulando. Não fosse pelo olho, que estava ardendo. Está tão irritado que não consigo abri-lo, e você xingou o ar seco do avião com a voz ainda em outro lugar, esfregando um pouco as pálpebras e pondo os óculos que te dei. O avião aterrissava com suavidade e deslizava para frente. Já eu não preguei o olho, eu disse sorrindo, com uma felicidade infeliz. Enfiei meus dedos entre os teus e ficamos ali, juntos, até todos os passageiros saírem e você abrir caminho pelo corredor cheio de travesseiros.)

A MENOR IDEIA

Ipso facto minha mãe chegaria. Não se passariam nem dois dias, dois ou três dias gastos em consumir outro romance, eu, e em encher a geladeira de comida, Ignacio. Mas não, o que estou dizendo?, havia o trabalho de nos preparar para o pior. Era preciso ligar para o seguro, que na certa nos deixaria pendurados no telefone, para minha orientadora, avisando que minha recuperação prometia ser longa, para o chefe do departamento, congelando indefinidamente a matrícula, para o pró-reitor, implorando que não me cortassem a bolsa porque eu ficaria sem o seguro, e então. Diligências delicadas, todas, além de outras que nos levaram naqueles dias curtos demais ao sul mormacento de Manhattan. Para ver o oftalmologista e levar um improvável souvenir para ele. Lekz se fazia esperar enquanto Doris exigia que preenchêssemos papéis e lhe déssemos por escrito descrições detalhadas da situação. Eu ditava tudo para Ignacio. Yuku me cumprimentava com sua cultivada cortesia japonesa, mas poupando as reverências antes de me pingar suas gotas paralisantes. Minha mão deslizava alguns dedos pelas pétalas plásticas das flores de plástico de umas floreiras do mesmo material, e voltava a se plantar nervosamente sobre o joelho enquanto meu corpo oscilava de leve, para frente, para trás, como um incansável boneco de borracha. Pare com isso, exigia ou implorava Ignacio. Por favor, dizia, pare de se mexer. Eu não sabia por que fazia aquilo, não percebia até que ele chamava minha atenção, talvez fizesse para me certificar de que ainda estava ali, sentada. E ainda estava me movendo quando Lekz saiu do consultório e se aproximou. Ele estava de pé, na minha frente, e não me chamava pelo nome, mas dizia, protocolar e maquinal, welcome back misses... Misses, repeti mentalmente, compreendendo que ele havia esquecido completamente meu nome. Follow me, dizia, como um falso missionário, misses... envergonhado, sem se atrever a perguntar. Lucina, doutor, disse-lhe oficiosamente, sabendo que ele seria incapaz de pronunciá-lo enquanto eu lhe estendia a mão, but you can call me Lina. *No sabe quién cresta soy*, murmurei em seguida a Ignacio, em castelhano, esse médico a quem me entreguei de corpo e quase de alma pelo espaço de dois anos não faz a menor ideia de quem eu sou. Ignacio me beliscou o braço porque Lekz falava um pouco de espanhol, além de inglês e de russo. Entendia um pouco porque sua esposa, oftalmologista como ele, tinha nascido na Galícia, como Ignacio.

Tudo era verdade, o teu beliscão e o castelhano agalegado da esposa de Lekz. Era verdade também que meu oftalmologista não se lembrava do meu nome. Sorri para ele como uma boneca africana, mostrando todos os dentes, mostrando a campainha, se preciso, e disse novamente a Ignacio. Ele não faz a menor ideia. Lekz devia estar imerso em suas anotações ilegíveis, pois de repente pareceu acordar e disse surpreso e alegre, você não era a escritora?, não estava no Chile? Estivemos, por um mês inteiro, corrigiu Ignacio, cheio de si. Passeamos, falou, ela me mostrou a cidade, uma cidade mais feia que bonita, embora com alguns lugares, e parou repentinamente incomodado porque estava parecendo um mal-agradecido. Eu não prestava atenção nele, fiquei pensando por um momento na palavra escritora ao lado de um verbo conjugado no passado, no passado dos livros que havia escrito e que já não tinha certeza de poder continuar escrevendo. Um olho me bastaria, pensei por um instante, até que senti os dedos de Lekz segurando minha mão como um bailarino e levando-me na ponta dos pés até aquela cadeira coroada de lentes. Abri os olhos com empenho e me deixei observar pelo aparelho de sempre. E dali fui para a poltrona reclinável e joguei a cabeça para trás, me entregando à lupa mais potente, exercitando a nuca, preparando o ouvido para escutar que o sangue não tinha se dissipado. O sangue parecia até ter aumentado e talvez já estivesse coagulando. Penso, disse Lekz, pigarreando de leve, e eu podia imaginá-lo esticando os lábios em uma de suas caretas russas, penso, disse outra vez, sem acabar de arredondar sua ideia, que essas veias malignas continuaram estourando. Penso, disse, voltando a pensar, que espero que você não tenha anemia, porque a falta de ferro seria um impedimento para operá-la. Vai me operar, uivei dentro de mim mesma, vai me operar embora eu esteja morrendo. Mas Lekz continuava pensando em voz alta e logo perguntou, com calculada parcimônia, como você?, e eu, sem deixá-lo terminar, bem, relinchei, muito bem, eu me sinto forte como um cavalo, doutor, estou cheia de energia, sou capaz de partir agora mesmo para a sala de operações com você montado em cima dos meus ombros. Eu o levaria no cangote ou arrastado, partiria desenfreadamente, com viseiras para não me desviar do caminho, atravessaria as placas que proíbem a passagem, quebraria os vidros da sala de cirurgia, pularia sobre a mesa, separaria minhas pálpebras com minhas próprias unhas para que ele metesse as tesouras, eu mesma lhe entregaria as agulhas com a linha enfiada para que terminasse de me costurar. Mas take it easy, disse Lekz quando exigi uma data. Você vai ter de fazer exames, disse, para descartar a anemia. Exames! Não quero fazer mais exames. Quero que me opere. Imediatamente. Mas Ignacio agarrou meu braço e me arrastou para o laboratório e quando chegamos lá, apesar de sua aversão, ficou firme ao meu lado: arregace a camiseta e estique o braço. E eu obedeci jurando vingança e fechei o punho para que a veia saltasse. Ignacio estava de estômago virado vendo meu sangue manar, um sangue sempre igual a si mesmo, meu sangue como o dele, mas diferente porque era o meu que estava enchendo os tubos. E depois do sangue fomos embora mudos para o apartamento dele, que também era minha sala de espera, que seria o acampamento de minha mãe quando ela chegasse na manhã seguinte para interromper a paz dos intranquilos. Claro que você vai se operar, afirmou minha mãe assim que plantou seu salto alto sobre o único tapete do apartamento e me abraçou. Não tenha dúvida, filha, repetiu, com absoluta certeza, você tem ferro de sobra. Não era necessário tirar sangue para saber disso. Olhe a cara dela, disse a Ignacio, olhe suas unhas, e me apertou um dedo. E depois, sem me prevenir, minha mãe esticou a mão e cravou sua unha comprida em minha pálpebra inferior. Virou-a para frente. Foi espiar ali e disse, está vendo, Ignacio?, está vermelha. Essa é a prova infalível, disse, ainda sem soltar aquele pedaço de pele insensível. Ignacio dava passos nervosos sobre o parquê pelado, dizendo, esses médicos são tão especializados que não entendem nada do que acontece no resto do corpo. Só do órgão que estudam. Não sabem nada, disse. Não fazem a menor ideia, assenti.

O PÃO DE CADA NOITE

Não posso comer, mas quem conseguiria sentir fome na noite anterior? Comer não, mas também não era aconselhável se deitar de estômago vazio. O que acham de um pão com manteiga que logo são dois: a ansiedade mobiliza as mandíbulas de minha mãe. Eu não faço nada além de salivar ao sentir o cheiro da manteiga derretida e das migalhas que lentamente carbonizam na torradeira. Ela toma chá, remexe ruidosamente duas colherinhas de açúcar, dá uma mordida desesperada no pão que Ignacio prepara para ela. Vendo-o ou não, é como se o tivesse visto: eu o construo em minha memória. Está gostoso, diz minha mãe, me ajudando a imaginá-la em cada movimento. Muito gostoso, repete, como quem pergunta, e depois confessa que está comendo de gulosa. Não estou com um pingo de fome, insiste, com a boca cheia. Ignacio prepara outra torrada e minha mãe engole a fatia inteira, e de repente pergunta, como um pássaro bulímico, teria mais um pãozinho? É claro, tem dois pacotes na geladeira, diz meu namorado padeiro. Minha mãe queima a língua com o chá mas não consegue se lamentar porque a campainha toca nesse momento e a sobressalta. Quem poderia ser a essa hora?, embora sejam apenas sete horas. Cara!, chia Manuela, que nunca chegou a superar sua juventude, que ainda vive nos anos oitenta, ainda nas manifestações estudantis, correndo ensopada das mangueiradas da polícia e rindo às gargalhadas, fumando maconha. O otimismo personificado, o desconhecimento da tristeza. Manuela, minha mãezinha; mamãe, Manuela. E Manuela exclama mas que cheiro gostoso de pão torrado e me dá um beijo em cada bochecha, apertando meus ombros, fazendo uma transfusão de energia. O que é?, *marraqueta*, pão sovado? Você que fez?, diz para minha mãe, que decerto a observa se perguntando de onde terei tirado esse terremoto. Do

Chile, respondo secretamente, enquanto Manuela diz aliás eu trouxe uns abacatezinhos chilenos de presente pra vocês. Abacate, repete minha mãe, e se contrai. Manuela se coloca atrás de mim, e se inclinando sobre meus ombros entoa outra vez um, mas cara, que bobeira o que te aconteceu! Bem na minha casa, naquela festa, estávamos curtindo horrores! Sim, digo eu, mas não me lembro dessa alegria até ela mencioná-la. Só dei uma passadinha, pra te desejar sorte, e senta-se ao meu lado. Minha mãe está

ofegante sobre o chá. Fique um pouco, digo, não temos comida, mas café?, pão com abacate? É sério que não incomodo? Minha mãe se ajeita na cadeira, passa manteiga em sua enésima torrada, continua militarmente calada. Tá!, tudo bem!, se não incomodo, é óbvio que fico mais um pouco. Me encosto num canto, Ignacio põe outro pão na torradeira, minha mãe mastiga seus pensamentos, Manuela dá corda em si mesma e começa a falar de suas novas pinturas e de seu novo trabalho, o que paga seu aluguel. Manuela não pôde importar seus pequenos privilégios de artista chilena para este país, explico para minha mãe. Como os privilégios dos sobrenomes rançosos que aqui ninguém conhece. Por isso tantos chilenos vão embora, diz Manuela, talvez por isso eu também acabe indo. Ouço que minha mãe abandona seu silêncio e se anima a pedir um esclarecimento sobre esse novo trabalho. Eu cuido de uma menina, responde Manuela, é a filha de uma família em transição. Em transição, repito eu, repete Ignacio, repete minha mãe com crescente curiosidade. Em transição, repete também Manuela, desde que o pai descobriu que era mulher. Mulher, quem?, diz minha mãe, o pai? Exato, diz Manuela, e também diz que o pai é uma mulher que só se interessa, sexualmente, por mulheres. Isso o transforma em lésbica. A menina tem duas mães, esclareço, e Manuela ri, pois é, e acrescenta que ele ou ela continua apaixonado ou apaixonada pela mãe da menina, mas que ela, a esposa, que era bastante masculina, e que talvez por isso não tivesse muita dificuldade para aderir à transição, decidiu se abster. Ela não estava pronta para ficar com uma mulher, por mais que tivesse ficado anos com ela. Ou com ele. Minha mãe declara que acaba de perder a fome, mas Manuela não lhe presta atenção. Diz: agora ele deve decidir se vai se operar. Se operar, repete Ignacio, ainda cuidando para que os pães não queimem, e amassando, imagino, outro abacate para manter as mãos ocupadas. Operar-se, claro, diz minha mãe entoando um saber médico enquanto a sinto se remexer na cadeira. Manuela decide dar-lhe os detalhes cirúrgicos. Minha mãe não sabe se quer ouvi-los e sei que Ignacio não quer. Continua amassando abacates ou talvez tenha corrido para o banheiro. Eu já conheço os pormenores, conheço também os protagonistas, a identidade do pai é um assunto que costumava me interessar, mas agora abandono a conversa para me concentrar em algo mais concreto e definitivo: capturar uma migalha, uma única migalha de pão torrado para aliviar a fome. Manuela narra sem cansaço enquanto eu estico o dedo para a mesa bem devagar, atraindo as migalhas de minha mãe e calculando que o relato os manterá distraídos. O dedo vai deslizando pela superfície da mesa, capturando uma migalha dura atrás da outra. Escuto Ignacio tossir e sei que ele me olha, que pergunta, intrigado, o que está procurando? Procurando? Tiro a mão, me fecho em minha fome secreta e com inveja escuto Manuela falar, com a boca cheia de frases e de pão com abacate. Minha mãe muge completamente satisfeita do outro lado da mesa, e aproveita a pausa para fazer uma pergunta que está mais para uma ordem impaciente, que horas são, será que já não é hora de ir dormir? Mas ainda é cedo. Por favor, ninguém se mova. Esta é a minha festa de despedida. Manuela, diz minha mãe, muito séria e muito sozinha, se escudando atrás do plural: vamos te pedir que vá embora. Lucina precisa descansar.

O GRITO

Minha mãe pediu algo para se cobrir. E o lençol? Mas um lençol amassado não seria suficiente, ela pedia o peso pesado de um cobertor sobre sua pequena e enxuta anatomia. Mamãe, está fazendo trinta graus, você vai assar. Nada disso, replicou minha mãe: dormiria com o ar-condicionado ligado durante toda a longa noite de verão. Mamãe, investi de novo, profanando mais uma vez a histórica hierarquia, que ideia é essa, ficou louca? A conta de luz vai nos custar o olho da cara. Ai, já sei, e você acaba de ficar sem o teu salariozinho de estudante, já sei, não tem por que esfregar isso na minha cara, disse minha mãe sem pôr sequer um ponto no meio, sem respirar, a artimanha da vítima despontando em seus lábios, minha mãe cada vez menor alongando a frase e implorando para ganhar seu doce: se não me der, eu não durmo. Dei de ombros. Ignacio também. Minha mãe se encolheu feito um bicho da seda entre os lençóis e sob nosso grosso cobertor de inverno. Nós também fomos para a cama, mas Ignacio se virava e cada volteio insone dele me impedia de pegar no sono. Fale alguma coisa, então. Ignacio me abraçou e começou a expulsar tudo aquilo que estava martelando em seus miolos, pregos tortos, alfinetes pequenos, quase insignificantes, ferrões de abelhas africanas que lhe repetiam o seguinte: o despertador ia tocar às cinco da manhã?, devíamos ter pedido um táxi na porta?, o seguro cobriria minhas despesas?, tinha sobrado pão na geladeira para o café da manhã de minha mãe? Mas não, disse eu, passando a mão discretamente em seu rosto, não se preocupe com ela, é fácil agradá-la se você vai na onda dela. É?, começava a perguntar ele, já cochilando, é, ela está tão assustada, disse eu, e claro que está preocupada, disse ele, sim, sim, repeti bocejando, como se sua preocupação não fosse eu, como se a operação iminente não estivesse acontecendo conosco. Porque nessa noite nós sofríamos sem saber. E abraçados a trivialidades, pensando na angústia e na fácil felicidade de minha mãe, fomos afundando no colchão, mas logo as molas nos empurraram outra vez rumo à consciência. Ouvimos um grito. Um grito agudo. Um grito de terror. Um grito estendido como um cabo na noite. E vinha da sala, da boca, da laringe, das estridentes cordas vocais de minha mãe. Ouviu isso?, perguntei a Ignacio, claro que ouvi, acaba de me acordar. É a minha mãe, falei. Sim, é a tua mãe, respondeu, sem nenhuma vontade de se levantar. Da minha mãe cuidaria eu. Fui deslizando pelo corredor morrendo de medo de topar com um estuprador, com um ladrão, com uma aranha peluda ou uma cobra enredada nas pernas de minha mãe. Agarrava-me às paredes temendo tropeçar nela. Mamãe, sussurrei, dando um passo em direção à minha infância, de repente perdida

num corredor diante do cômodo santiaguino onde dormia minha mãe, você está aí?, está acordada, mamãe?, voltando de repente para Nova York com os pés nus à beira de seu colchonete. Esperei um instante, lembrando que eu tinha feito centenas de vezes essa mesma pergunta separando suas pálpebras com uns dedos minúsculos em busca de uns olhos despertos dentro de seu corpo adormecido. Mamãe. Voltei a dizer isso para encher a boca com essa palavra que cheirava a leite sob o perfume. Mas era essa mesma mãe que acabava de dilacerar a noite com seu grito, a que nos acordara com seus uivos, sem nem mesmo acordar, a que agora roncava prazerosamente agarrada ao cobertor. Mamãe! Ela não respondeu. O colchonete inflável sussurrava sob seu peso morto, um balanço imperceptível pressionando o ar que o sustentava. O colchonete estava em movimento, alerta, mas inconsciente ou sonâmbulo, pensei, do mesmo modo que minha mãe.

O primeiro ruído foi de mãos tirando pratos secos do escorredor e depositando-os nos móveis da cozinha. Seguiram-se outros ruídos. Gavetas de madeira emperradas que se fechavam de chofre. Uma vassoura que varria os novelos de pó acumulados nos cantos. A sinfonia doméstica de uma vocação para a ordem que minha mãe não costumava exercer em sua casa, mas na minha sim. Terminada essa tarefa ansiosa minha mãe resolveu bater à nossa porta. Girou a maçaneta, mas não conseguiu abrir a porta, fechada à chave. O parquê rangeu sob seus pés. Devia estar inclinada para frente, a orelha colada à dobradiça, a boca sobre a madeira entoando um estão acordados? com um fio de voz que mais parecia um fiapo prestes a se esgarçar. O parquê solto rangeu novamente. Pés. Unhas de pedicure. Pantufas. Palavras soltas de minha mãe embaixo do chuveiro e, na sequência, repetição de cena ao contrário. A porta do banheiro se abria novamente, minha mãe regressava pelo corredor e parava tentando entreabrir nossa porta e nós já acordados. Ignacio esticou um braço para desligar o despertador, eu estiquei outro procurando seu rosto. Minha mão apalpava os lábios de Ignacio, o nariz de Ignacio, suas sobrancelhas, e por um momento novamente fugaz, as pálpebras. Notei a bola tensa de seus olhos escuros e ternos enquanto Ignacio apertou as pálpebras por um instante e, de um salto, se levantou. Eu me levantei atrás dele, devagar. Mas Ignacio tinha ficado quieto auscultando a presença de minha mãe no corredor e, ao não percebê-la, ao saber que eu também não a percebia, abriu a porta e saímos agitados por novos e confusos pensamentos. Me enfiei no banheiro e enquanto escovávamos dentes e molares toda uma noite de sonhos começou a rodar na minha cabeça. Sonhos estranhos, cheios de botões, falei para Ignacio, enquanto nos revezávamos para cuspir a pasta de dente. Não me conte nada, disse indeciso, enxugando a boca, prefiro não saber. Sorri, enquanto entrava no chuveiro lembrando de uns botões enormes costurados em nossos corpos, botões costurados com linha de pesca, com anzóis, de pesca, sim, inclusive pendendo de nossas orelhas, botões enquanto o escutava, escutava Ignacio, indeciso, perguntar, e teus sonhos?, a voz dele do outro lado da cortina esperando que eu saísse para ele entrar, teus sonhos eram coloridos? A água estourava em meu umbigo ensaboado, escorria pelo pescoço, salpicava minhas costas mornas, mas não era esse tipo de sonho que eu tinha sonhado. Sonhos de sensações e de formas, cegos. Talvez, disse, só para dizer alguma coisa, só para dizer qualquer coisa, porque de repente fui assaltada pela certeza de que ia ser operada dentro de algumas horas. E comecei a me perguntar como seriam meus olhos depois, se ainda estariam no lugar quando saísse da sala de cirurgia. Lancei esse pesadelo acordado em Ignacio e lancei-o também em minha mãe, que respondeu prontamente, num arroubo típico de seu personagem, mas por que você iria sair de lá sem olhos, o que te faz pensar assim?, falava com nervosismo pré-operatório, tudo para não ter de me dizer o que dizia para outras pessoas, e o que é que você sabe sobre isso?, por acaso é especialista? Mamãe, falei, respondendo àqueles pensamentos que me chegavam por telepatia, eu só sei o que minhas mãos fazem, não garanto o que fazem as dos outros.

TERRA DE NINGUÉM

A essa hora a cidade está em coma, mas quando amanhecer não vai ter quem aguente. Era Ignacio quem falava. Não tem uma alma andando, confirmou minha mãe, olhando para trás, por sobre o ombro; minha mãe sempre apavorada de ir a pé por uma rua vazia de gente, vazia de latidos e de buzinas, sob a luz de alguns postes opacos. Ela temia a rua escura sem entender que o perigo estava em outra parte. Pensei em suas pupilas esfumadas de astigmatismo imersas na madrugada. Pensei na miopia de Ignacio atrás dos óculos, aquele Ignacio cada vez mais meu titubeando na escuridão das calçadas. Que trio fantástico. Minha mãe ia agarrada a mim que ia agarrada a Ignacio. E ela dizia, isto é, um, iniciando a frase e depois se interrompendo. Um páramo? Sim, assentiu, um descampado. Um terreno abandonado ou baldio, disse eu. Sim, é verdade, afirmou Ignacio, estamos na terra de ninguém. Esta é a fronteira entre dois mundos. Minha mãe não disse mais nada. Agarrou meu braço como se eu pudesse protegê-la de seus terrores. Continuamos andando. Eu mergulhei em minhas palavras enquanto eles sumiam nas deles, todos juntos fazendo ressoar nossos sapatos no cimento, nos apressando nos degraus rumo ao oxidado ritmo dos trilhos, deslizando por um vagão quase vazio. E fomos cabeceando o mesmo sonho intranquilo até a estação da catorze. As primeiras luzes da madrugada deviam estar se filtrando sobre uma cidade que rodava ruidosamente à nossa volta pelas avenidas. Havia também os apitos da polícia, o ulular de uma ambulância distante. É aqui, anunciou Ignacio, e era, pensei, apurando uma lembrança: nessa esquina o pequeno hospital de tijolos fundado para tratar somente

de olhos, somente de ouvidos. Ali estava arquivado o registro dos meus olhos. Na memória subterrânea do hospital jaziam centenas de esplêndidas imagens da ruína. Me sentei na recepção apertando os punhos contra as têmporas, sabendo que iam me operar mas que a cura não existia. A doença ia persistir por mais que me abrissem e me fechassem. E mesmo que eu recuperasse a visão era possível que as veias voltassem a se dilatar, que o sangue se repetisse de novo. Minha pressa em me entregar à faca de Lekz perdia impulso, essa era a alternativa, a aposta na roleta russa. Era preciso apostar para me justificar diante de minhas escoltas. Eles confiavam e apertavam o passo, perdiam-se pelas dependências sob tenebrosos tubos fluorescentes e corredores infestados de enfermeiras filipinas com sobrenomes castelhanos. Quando entregaram meus papéis de chilena estropiada voltaram trazendo novas instruções. Disseram vamos, vamos, não olharam com cara boa para nós, não vamos demorar senão você pode perder a vez. Vamos, vamos, o que está esperando?, disseram os dois, em dueto, com a solenidade de um coro grego. Eu sou a heroína que suporta sua tragédia, pensei, a heroína que procura alterar o destino com as próprias mãos. Mas não ainda, continuei pensando, era preciso dar uma oportunidade ao médico e a sua medicina. Vamos, respondi, entregando-me, e também não havia como resistir. Não agora que as cartas estão lançadas e o seguro em dia, não agora que não vejo como desviar do caminho. E sei que minha mãe se alegrou e que Ignacio ficou um pouco intrigado quando sorri. E depois subi uns degraus e desci outros, e depois descemos num elevador cheio de pacientes vendados, deitados em macas ou sentados em cadeiras de rodas. Sorrindo. (Foi isso que teus olhos viram.) E demos passos em diferentes direções. É aqui, disse Ignacio. Era ali, e cheirava a desinfetante.

QUE OLHO?

Início de um protocolo: tire a roupa, vista essa bata de flanela florida, ajuste essas calças largas demais. Falta a touca plástica. Está linda, exclama minha mãe. Ajusto a touca enquanto ela acrescenta, está como quando era pequenininha. Mamãe, digo, arrumando o cabelo sob um elástico descosturado, quer me dizer quando é que eu fui uma menina? Não me lembro de ter tido nem um único momento de infância. Nem um instante de calma. Nem um segundo em que não pensasse em quando a varinha da desgraça ia me tocar. Minha mãe não responde, faz uma careta, com toda certeza morde o lábio. Eu continuo tentando fazer com que meu cabelo não venha abaixo, pensando por que será que quando faço uma pergunta ninguém me responde, dizendo a mim mesma que eu também não deveria responder agora, no momento em que começa o interrogatório. Vozes filipinas com sotaques afiados. Uma me pergunta quem sou, como me chamo. Digo meu nome completo, soletro-o. Minha mãe confirma que é meu nome de batismo. Ignacio confere que esteja escrito como se deve. Alguém mais segura meu braço e me amarra uma pulseira de plástico que leva meu apelido de prisioneira. Levanto, sento. Está frio, digo, mas ninguém me responde. Outra voz intervém. Qual é seu nome?, diz. Ouço que digita enquanto respondo com medo de errar. E então, alguma doença congênita?, que remédios está tomando?, faz quantas horas que não come?, não sei nem quero saber, foi ao banheiro hoje de manhã?, espero que sim, vai ser operada de quê?, que olho primeiro? As vozes vão mudando, mas são sempre as mesmas perguntas: por qual olho o médico vai começar?, pelo olho da mente, ele já foi operado alguma vez antes?, sim, usa dentadura?, talvez, e como você se chama?, soletre seu nome, assinou os documentos, todos?, que documentos?, a autorização para gravar a cirurgia, gravá-la?, sim, é preciso tê-la, para sua segurança, por via das dúvidas, para resguardá-la, alergia a algum medicamento?, alguma intervenção cirúrgica prévia?, qual é teu sobrenome?, que olho vão operar?, direito?, sinistro, algum dente falso?, talvez, lentes de contato?, teu sobrenome, teu primeiro nome?, assinou?, solteira ou casada?, qual será o primeiro olho?, diga para o Lekz que eu quero uma cópia, uma, do vídeo, digo para a voz da vez que me responde, você tem aids?, sofreu doenças venéreas?, quantos parceiros?, tantos?, mulheres ou só homens?, diga ao médico que autorizo mas quero uma cópia do filme, relação estável?, que eu quero uma cópia da gravação, sim, me dizem, já vamos perguntar, seus pais são vivos?, quantas aplicações de insulina por dia?, o doutor manda perguntar para que você quer a cópia do filme?, para que ia querer?, digo, para vê-lo quando puder ver, com meus próprios olhos ou com os de Ignacio, está com algum anel?, por que você está aqui?, para supervisionar a operação, altura?, alergia a penicilina ou a alguma sulfamida?, a algum analgésico?, do que vai ser operada?, alergias?, a autorização para gravar a cirurgia, já assinou?, mas vão me dar uma cópia dessa linda e repulsiva fita, cheia de sangue?, alguma prótese metálica?, todas, sou a mulher biônica, a do olho de titânio, e rio sozinha, aos gritos, perguntando de volta, para o ar, quem era aquele sujeito do dispendioso olho telescópico e infravermelho, o homem de seis milhões de dólares?, ele é seu acompanhante?, quem?, que olho?, qual?, tem certeza?, e que seguro médico, que plano?, quantos filhos você tem?, algum aborto induzido ou ilegal?, quantos?, que olho?, e o segundo?, assinou os papéis?, o direito ou o esquerdo?, a permissão para filmar a cirurgia?, como você se chama?, quem é o teu médico?, soletre, que olho vai sofrer a intervenção?, só um ou os dois?, número do seguro social?, qual sobrenome?, o meu ou o do meu médico?, alguma doença crônica?, que medicamentos?, unidades?, gramas?, quanto você pesa?, quem acompanha você?, idade?, a autorização para que a operem?, o documento que libera o hospital de responsabilidade por danos?, é destra ou canhota?, com que mão assina?, qual é teu verdadeiro nome?, algum pseudônimo?, profissão?, o que é ficção?, e o que é isso de danos?, verdadeiro ou falso?, que olho primeiro?, dói?, por que insiste em apontá-lo?, é este?, este?, ou este?, e você, quem é?, de quem é essa touca?, e este olho, de quem é?

PURA BIOLOGIA

Aspirando ainda aquele cheiro salgado que grudou em sua camiseta. Agarrando-me a ele beijo sua boca e suas faces cada dia mais chupadas e o canto das pálpebras. Uma estranha felicidade me atravessa ao sentir o contorno de seus olhos se agitar sob a pele. Seus olhos vivos. Ignacio me afasta e me dá um beijo na orelha. Meus dedos sobem novamente pelo rosto dele, mas Ignacio diz por favor pare com isso. Encosta sua têmpora na minha e de novo fico embargada pela felicidade de ter um instante de seu corpo para mim, justo antes que nos separem. O que vocês vão fazer enquanto eu estiver lá dentro? Silêncio. Um silêncio que não me deixa adivinhar que gestos fazem, que caras têm. O que vão fazer com tanto tempo? Não deve ser tanto, diz Ignacio, aflito, sabendo que terá três horas inteiras com mamãe. Só três horas, insinua. Quatro horas estourando, duas para cada olho. Entendo que ele repete a frase, tentando se acalmar. Lekz falou, diz Ignacio, que nunca demorou mais de quatro horas para consertar um par de olhos. Disse que até poderia demorar menos, se apressar um pouco. Não se preocupe, acrescenta minha mãe (eu a vejo pelos teus olhos, Ignacio, reconfortada pela companhia, ajeitando o penteado), não se preocupe, filha, eu e ele vamos nos distrair com alguma coisa. Disse isso como se dissesse: enfim sós. Minha mãe terá meu Ignacio para interrogá-lo, e principalmente para assediá-lo com aquelas histórias médicas que ele detesta e que eu cresci ouvindo. Histórias de erros médicos nas quais sou viciada. Ignacio me estreita num abraço e começa a tremer de leve, me aperta, me espreme, me sufoca, não me deixe sozinho com ela, parece me dizer. Seu coração se acelera. A ansiedade elevada à décima potência. Mas eu que sou seu escudo contra minha mãe, sua defensora e sua secreta algoz, agora não posso protegê-lo. Me solte, Ignacio, preciso ir. Não se perca, diz ele. É o que espero, digo, e levanto um lenço branco de despedida enquanto a mão suave de uma enfermeira me pega pelo braço. É a mão alheia de uma filipina que fala comigo bem devagar. E seduzida por sua voz maligna me deixo levar até o leito onde vão me sacrificar. Ela me ajuda a subir na mesa de operação. Não vai sentir nada, garante, enquanto me enfia dolorosamente a agulha do soro e em seguida a agulha da anestesia. Fico atordoada com tanta agulha enfiada na veia. Você está bem?, pergunta ela, e esta que sou eu, esta chilena coberta por uma bata ridícula e florida, diz, modulando com dificuldade, bem não, nada bem, esta maca está muito fria. Antes que eu termine de me queixar ela joga uma manta em cima de mim e o calor me relaxa, me adormece. Minha nova namorada filipina me toma a mão, procura meu pulso e suspira um como se chama, quem vai operá-la, que olho primeiro, mas eu esqueci tudo, não sei quem sou e não consigo explicar por que estou ali, entre seus braços, só espero que ela saiba, apesar de suas perguntas, que es-

sas perguntas sejam só uma estratégia para me distrair de meus dentes, que agora rangem. E percebo, porque reconheço seu pigarro, que Lekz já está atrás da minha cabeça, que são as mãos dele que ajeitam meu rosto. Ajeitam minha touca, lavam minhas córneas com um algodão cremoso; compreendo também que junto dele há outra oftalmologista da qual me lembro vagamente, porque trabalha no mesmo consultório de Lekz, porque é, agora me lembro, a mulher de Lekz. Ela vai lhe dar assistência em sua tarefa. Tudo em família, aqui dentro e lá fora, penso sem reter o pensamento. E talvez seja minha enfermeira quem me diz que estique para o teto um dedo da mão que agora pesa uma tonelada e logo se dissolve. O dedo não está mais lá. A mão não está mais lá, nem o braço. Eu não estou mais lá. Lucina se esfumou, seu ser está suspenso em algum lugar da sala. O que resta dela agora é pura biologia: um coração que bate e bate, um pulmão que se infla, um cérebro narcotizado incapaz de sonhar, enquanto o cabelo continua crescendo, lentamente, sob a touca.

AS HORAS

Isso foi visto por outros olhos. Que desde o primeiro minuto Lekz pinçou minha pálpebra para trás a fim de mantê-la aberta. Que examinou minha pupila dilatada. Que abriu três buracos em triângulo, um em cima, um de cada lado. Que em cada brecha introduziu um aparelho diferente: um arame coroado por uma lupa potentíssima, uma pinça multifuncional que cortava veias e cauterizava ferimentos, um cabo de luz para iluminar a retina. Três filamentos de metal agindo em conjunto, para podar e queimar e remendar durante muitas horas a mais do que as três ou quatro prometidas. E isso foi visto por olhos não tão alheios. Que enquanto eu me ausentava de mim mesma Ignacio e minha mãe se mandavam da sala de espera. Que saíam para dar uma volta pela cidade e que já cansados de perder tempo entravam na lanchonete da esquina, que dividiam uma pizza e uma coca-cola morna, que fumavam acelerados, do mesmo maço. A cirurgia deve estar para terminar, diziam-se mutuamente, para se animar, caminhando de volta apressados e velozes. Sentaram num corredor do hospital e forçados a manter uma conversa poliram uma a uma suas piores lembranças. Que minha mãe tinha sobrevivido a três diagnósticos equivocados e sucessivos: uma vertigem aguda que se pensou ser uma esclerose múltipla, um tumor terminal no cérebro, um ataque de cólica interpretado como câncer. Todos esses erros poderiam ser fatais se fossem verdadeiros, disse vitoriosa e sobrevivente, minha mãe, mas eram apenas manchas nas radiografias.

Que Ignacio empalideceu porque ouvir falar de qualquer doença o fazia experimentar cada um dos sintomas. Que tudo isso podia acontecer, consolou-o minha mãe, mas que não se preocupasse, agora ele começava a pertencer a uma família de médicos, ele estava protegido de erros de diagnóstico. Antes se pensava, continuou minha mãe mudando um pouco o rumo da conversa, embora não completamente, só variava o tema para dar um exemplo que Ignacio teria preferido desconhecer, antes se acreditava, disse minha mãe, que o Alzheimer era uma forma de demência. Minha mãe teve isso!, interrompeu Ignacio, que voltava a se conectar nesse momento. Demência? Não, não, Alzheimer. E minha mãe aproveitou essa confidência para acumular dados sobre o DNA familiar, bombardeou-o com perguntas genealógicas, tirou conclusões. Então não se sabe quem era seu avô?, disse minha mãe, tomando notas mentais para dizer-lhe em seguida que ela mal havia conhecido o pai. Que coincidência, me contou Ignacio que disse a ela. Coincidência que minha mãe e sua mãe só tivessem visto seus pais uma vez. Minha mãe para se despedir dele na vertigem mortal da cirrose; sua mãe de maneira meramente acidental. As duas mães tinham coincidido também em se negar a chamar de pai o desconhecido que tinham à sua frente. A minha disse a seu pai, depois a Ignacio, você não é nada meu. A dele disse a seu pai, e depois Ignacio à minha mãe, eu não conheço você, eu só tenho uma mãe, ela me basta, aliás, me sobra. Trocaram muitas confidências, mas, no tempo que se seguiu, até mesmo o assunto família foi se esgotando. Só faziam olhar as horas: no relógio morto do corredor, minha mãe; em seu incômodo relógio de pulso, meu Ignacio. Alternavam-se para ir à rua dar pitadas nos últimos cigarros lançando a fumaça contra os vitrais pegajosos. E quem ficava lá dentro vigiava o desfile de operados que iam saindo das salas de cirurgia escoltados por filipinos. Mas cada vez saíam menos operados e os médicos deviam estar escapulindo por outras portas. Foram-se multiplicando os faxineiros armados de escovões e panos de chão. E lá seguiam eles, minha mãe, meu Ignacio, vendo passar a segunda e a terceira e a quarta hora já sem saber quantas tinham se passado. Continuavam sentados e de pé, dando voltas pela sala, crispados, compungidos, bebendo intragáveis cafés de máquina. Ninguém apareceu para dar explicações porque não haveria nada a ser dito até terminar a operação que seguia seu curso sem se deter. Lekz não perdia tempo mandando boletins para o exterior. Não poderia fazer isso mesmo que tivesse tempo. Não fazia isso porque não via nada com seu olho colado ao meu, cheio de sangue. Não se atrevia a levantar o olhar. Não ousaria nem piscar, tirar o olho do pontual movimento daqueles aparelhos que iluminavam, aumentavam, cortavam veias e as queimavam possuídos de uma voracidade impiedosa. Era preciso controlar a energia das mãos, temer aqueles pés dele, retesados de tanto apertar os pedais posicionados no chão. Porque mãos, pedais e pés, disse Lekz ao sair finalmente da sala de cirurgia e encontrar Ignacio e minha mãe, que correram para ele quando o viram; pedais e pinças, disse, verde de fome, pálido de cansaço, aqueles instrumentos, disse, não são extensões dos meus dedos. Têm vida própria e estariam dispostos, diante de qualquer distração, a arrancar a vista pela raiz. Ignacio olhou para minha mãe que nem piscava olhando para Lekz que limpava a garganta para acrescentar que quando enfim conseguiu extrair a viscosa gelatina de sangue que era o vítreo encharcado, quando enfim pôde examinar como tinha ficado o olho direito, sentiu um calafrio. Mas pen-

sou, disse, imediatamente, que devia aproveitar a adrenalina e se jogou de cabeça no olho esquerdo; trepanou, cortou, se sujou, cauterizou e aspirou meticulosamente o fundo do olho até que seus braços começaram a tremer. Lavou-se das unhas até os cotovelos, enxugou o rosto sentindo as narinas vibrarem, secou a nuca, mas Lekz não se atreveu a emitir um veredicto. Muito menos a pensar em um. Era pior do que temíamos, confessou, abatido, e usava o plural porque sua instrumentadora ou assistente ou esposa estava atrás dele, ainda de uniforme, exibindo as mesmas olheiras monumentais. Não faço ideia, nem a mais remota ideia, repetiu. Para minha mãe. Para meu Ignacio, que também parecia esgotado pelo trabalho da espera. Não havia nada a dizer sobre o futuro. Lekz começou a repassar tudo o que havia acontecido lá, dentro dos meus olhos, ao longo de vários meses. Minha mãe escutava completamente hipnotizada. Ignacio ficou completamente doente. Seus joelhos bambearam, cambaleou até um canto, e sem que ninguém notasse sua ausência firmou as mãos escorregadias nas paredes, ouvindo, como que à distância, um murmúrio escapando pela escotilha do além-túmulo da ciência: seria preciso esperar outras doze ou dezoito horas para saber se Lekz tinha me deixado cega em definitivo. Ou seja?, quis precisar, também distante como um assovio, minha mãe. O que isso quer dizer? Quer dizer que se ela enxergar luz amanhã há possibilidades, interveio a esposa instrumentadora. Se não enxergar nada, interveio por sua vez o médico, coçando a nuca, esticando as omoplatas como um pássaro desengonçado; se ela não enxergar nada não sei, senhora, teríamos que ir vendo. Você é que vai ver, me contou Ignacio que pensou, já derrotado sobre o chão. Você é que vai ver, repetiu para si antes de dedicar a Lekz um vá pra puta que o pariu você e todos os médicos. Enfiou a cabeça tonteada entre as pernas e a deixou ali. Fora um conselho de sua mãe quando ele era menino, de sua mãe, que não era médica nem enfermeira nem conhecia outro trabalho a não ser o da casa, sua mãe que foi sempre analfabeta e estava bem morta. Abaixá-la. Para não desmaiar. Que tirasse os óculos. Que respirasse bem fundo e prendesse o ar. Assim, com as palmas das mãos ainda apoiadas nos ladrilhos Ignacio sentiu que Lekz arrastava os pés se afastando pelo corredor e sentiu também o retumbar dos saltos de minha mãe se aproximando.

CÂMARA FRIGORÍFICA

Estou cheia de curativos, com uma gaze sobre cada olho, e esparadrapo. Meus dedos acabam de acordar e apalpam as bordas em busca de um canto onde possam se soltar. Uma mão severa se interpõe e ali onde ficou uma borda solta cai a proibição. Ignacio? Me solte, Ignacio, meu rosto está ardendo. Mas Ignacio não solta e eu repito, me tire esta máscara ou deixe que eu mesma tire. Sem levantar a voz, sem sequer me ouvir, pergunto outra vez se são dele esses dedos magros mas fortes, esse queixo áspero, a boca que me beija quase sem me tocar. Pergunto, sem dó. Você ainda me ama, agora que sou tua múmia? Se me ama o bastante, enfie a mão debaixo dos curativos e confira se ainda tenho olhos. Talvez esteja mantendo essa conversa comigo mesma, talvez ainda não tenha acordado e continue imobilizada dentro de um pesadelo. Mas desse lugar sinistro me ouço sussurrar outra vez, com mais consciência, com crescente temor, o que aconteceu ali dentro?, ainda tenho olhos aqui debaixo? Me escuto claramente pedindo a Ignacio que me deixe certificar de que eles continuam em suas órbitas, de que não foi um erro ter assinado aqueles documentos, às cegas. Me pergunto quanto tempo estive ausente de minha vida e da vida dos outros. É tarde, diz uma voz amortecida que poderia ser a dele como também a de minha mãe. E depois caio em outra pausa da qual me recupero novamente para perguntar pelo médico. Virá amanhã, respondem com inesperada clareza e em uníssono meu Ignacio e minha mãe. Amanhã de manhã, diz ela.

Pare de se tocar, diz ele. Mas minha pele arde e a incerteza e o corpo todo tem vontade de ir embora. Vamos, decido, mas ninguém se move. Não ainda, responde minha mãe, e aflautando a voz anuncia a entrada da enfermeira que, por sua vez, confirma que eu terei de ficar. Ficar a noite toda. Com alguém. Preferiria ficar sozinha comigo, penso em dizer, mas a enfermeira me enfia um termômetro na boca; escuta meu coração por cima do lençol, estrangula meu punho em busca de pulso. Qual de vocês vai lhe fazer companhia?, repete aquela enfermeira, mas eu, com a boca ocupada, não consigo responder. Ignacio levanta a mão. Minha mãe levanta a outra. Começa a disputa entre eles. Eu mantenho os lábios segurando trinta e seis graus de temperatura enquanto a enfermeira anota o dado em sua ficha sem contemplar a cena em que eles, tendo-se confiado intimidades familiares, agora competem como estranhos para passar a noite numa poltrona reclinável. Minha mãe saca a palavra adventício, Ignacio retruca com a palavra absurdo e fala, além do mais, vamos ver o que a Lina diz. Empate, respondo eu. Vão embora vocês dois. Mas em vez disso uma moeda é lançada para o ar e se contorce mostrando a cara e depois a coroa e por fim tilinta sobre o chão. Ignacio se retira direto para a insônia e minha mãe anuncia que por mais cansada que esteja será incapaz de pregar olho. Ela promete vigiar meu sono, mas quando apoia a cabeça no encosto reclinável já está dormindo. Escuto sua respiração, pesada, lenta. Tem início uma noite infernal, que é tudo, menos sufocante: o quarto é uma câmara frigorífica regida pelo zumbido metálico de centenas de ventiladores. O cobertor deve ter caído no chão e eu tirito sob um jato de ar. Não consigo me abaixar. Estou amarrada à bolsa de soro que hidrata o sangue em minhas veias. Não deixaram uma campainha para eu tocar em caso de emergência. Para isso tenho minha mãe. Mamãe, mamãe, mãe, repete meu eco no vazio hospitalar. Mamamãe, digo de novo elevando o tom, dirigindo-lhe um rancoroso, mas soterrado velha de merda. Mas meu insulto não a agita, meu apelo clamoroso não a comove, meus punhos queimando a mesa lateral, meus pontapés no leito. Nem seus próprios roncos endemoniados a acordam. Nem um soluço distante e intermitente que também perturba minha noite. Rabisco uma mensagem com a ponta de meus pés já gelados: se eu morrer de hipotermia ou de pneumonia que alguém denuncie minha mãe. No mais absoluto desespero decido buscar consolo soltando um canto do curativo e deixando que por ali essa noite se infiltre junto com o meu dedo, que se alonga em busca da pálpebra e a encontra. Há um olho adormecido, convalescendo. Um olho junto do outro com pequenas contusões que escondem nós sob as pálpebras. E já é madrugada quando entra alguém e eu suplico que leve minha mãe embora e de passagem me agasalhe. Sob as cobertas perco a razão até que voltamos a nos reunir. Acordados e ainda perplexos, de novo os três: minha mãe se queixando de não ter dormido, Ignacio prolongando sua vigília. Assim estamos, um trio sonolento, sentados sobre o leito do hospital como náufragos à espera do médico.

Se meus dedos foram puxando lentamente as bordas, os dele terminaram de arrancar: com um puxão o primeiro curativo saiu, e com outro o segundo, depilando minha sobrancelha. Estávamos sentados pela milésima vez, frente a frente, o oftalmologista e eu. Abra o olho direito, foi a primeira coisa que me disse, e a segunda, está vendo alguma coisa? Fiquei um instante pensando na pergunta, pensando que não sabia responder ao que estavam me perguntando. Eu era um tremor só, incluídas as pupilas. Agora, insistiu Lekz, mais devagar, de fato muito vagarosa e articuladamente, como se estivesse traduzindo um idioma desaparecido. Está vendo alguma coisa? Se estava demorando para responder não era por não entender o que ele dizia, mas porque tinha ficado presa no próprio centro do verbo. Ver alguma coisa. Ver o quê? Não estou vendo nada, doutor, murmurei, ainda eclipsada ou ofuscada pela visão da vida eterna no instante exato da morte. A única coisa que eu vejo é luz, doutor. Uma luz branca e tão brilhante que me deixa atordoada. Isso era tudo. Ahá, murmurou Lekz entredentes, e depois sussurrou um sucinto good que por um instante me pareceu o contrário do que estava dizendo. Good era uma palavra que às vezes Lekz deslizava como um bordão e que outras vezes parecia pesar em sua língua, como pedra que afunda no silêncio provocando auréolas. A palavra tinha tido um efeito expansivo no quarto. Porque havia mais gente conosco: minha mãe com seus suspiros e as calças de meu Ignacio com seus cicios. Lekz continuou o exame: acendeu uma lua elétrica dentro de meu olho, iluminando até meus desejos mais perversos. E agora, o que está vendo?, perguntou, ainda apontando a lanterna para mim. Apenas luz imaculada, doutor, só isso, ou seja, menos do que antes. Mas Lekz, imperturbável, disse, impávido. E agora? No olho esquerdo? O redobre de luzes estava me exaurindo. Queria fechar as pálpebras, as duas ao mesmo tempo, voltar ao refúgio da escuridão. Essa luz iluminava o vazio, a solidão, meu absoluto desamparo. Continuo cega, doutor, mas agora tudo é branco. Senti que minha mãe se levantava da cadeira ao me ouvir, que Ignacio descruzava as pernas. Que Lekz remexia a espessa cabeleira em busca de uma futura calvície, tudo para me dizer que isso era bom, arrastando as vogais, que o desejável, por enquanto, era que eu não enxergasse mais do que isso. Lekz esvaziara meus olhos para tornar a enchê-los de hélio. Então era isso que eu estava vendo: duas bolas de gás nas quais convergia a luz. Inflei seus olhos com pressão porque não havia outro jeito, disse Lekz, um pouco solene e repentino, porque havia suturado à mão todos os buracos. Você vai sentir seu olho explodir, vai sentir os pontos saltando. Mas isso, pigarreou, seu pulmão se lembrando de todos os infinitos cigarros que consumira em sua vida anterior, isso, a dor nos olhos, não passa do princípio da dor. Você vai ter de manter a cabeça inclinada para baixo para que o gás suba, pressione a retina para que ela cicatrize. Por quanto tempo, perguntei, sem lhe dar importância, sem calcular o que seria o esforço da nuca, a tensão do pescoço, o torcicolo agudo. Entre quatro e cinco semanas, ou até seis, disse um Lekz um tanto hesitante e especialmente precavido, o tempo que o gás demorasse para se dissolver. Mas cinco ou seis semanas passam voando. Voando, repeti, precipitando-me sem calcular que a massa encefálica pesava um quilo e meio e era preciso somar a isso o peso dos ossos. Um peso morto em noventa graus que eu tinha que começar a carregar agora mesmo. Você deve baixar a cabeça, ordenou Lekz, sem dó nem piedade. Baixe a cabeça agora e não a levante até que as bolhas desapareçam completamente.

A OUTRA EM MINHA MÃE

Naquela noite minha mãe partia para o aeroporto: seus pacientes reclamavam sua presença enquanto essa filha que queria deixar de ser filha esperava, impaciente, que ela fosse embora. Você vai ficar bem?, disse minha mãe com a voz impostada de meu pai, você vai ficar bem?, abraçada a mim mas tentando se distanciar. O táxi esperava na calçada. Você vai ficar bem, repetia ela, entre a afirmação e a pergunta. Minha cabeça assentia, pendendo, mal guilhotinada, de meu pescoço. Minhas mãos a seguravam. Minha mãe estremecia enquanto a médica que ela também era a impelia a se conter, a enxugar as lágrimas no punho da blusa, a não perder o voo. Temos de ir, dizia a outra de minha mãe, ir agora, dizia, e sim, pensava eu, vão logo as duas, e principalmente que vá embora a médica. Mas minha mãe se fechava como um cadeado enquanto a outra a sacudia para que me soltasse. Tinha dúvidas quanto à sua decisão de partir, minha mãe, e protestou ainda por alguns minutos, lutou consigo mesma para impedir que a outra começasse a especular sobre o que poderia acontecer se ela se fosse, porque a outra de si mesma era a campeã nacional na categoria pessimismo. Se chegasse a escutar, minha mãe, o que o desesperançado cérebro da médica suspeitava, ela nunca mais poderia me deixar. Por mais que suas responsabilidades a chamassem. Suas crianças em estado grave e as mães dessas crianças. Porque embora ela e a outra discordassem e discutissem, sempre assentiam em protagonizar tragédias familiares. Vou ficar bem, mamãe, pode ir agora, insisti, mas ela me estreitou ainda mais e ao fazer isso eu senti, na gaiola de arame que agora eram minhas costelas, que ambas forcejavam e se contorciam. Seus ossos rangiam contra os meus, suas extremidades se dobravam descompassadas. A médica continuava lutando para se soltar enquanto minha mãe me agarrava. E ainda que o calor sudoroso daquele corpo em duplo movimento me causasse certa aversão e um pouco de receio, alguma coisa também incompreensível me impedia de deixá-la ir. Nós três estávamos enredadas no cordão da doença, as três imersas num fluido pegajoso e amniótico que ameaçava nos afogar. Ignacio se aproximou por trás para colocar ordem em nosso concílio. Está na hora, disse, sem dar à minha mãe outra saída além da escapatória. A bagagem já está no porta-malas, apressou-a, e o taxímetro está rodando. O chofer fumava, acomodado ao volante, bem perto de nós, eu podia sentir o cheiro de tabaco queimado e inclusive sua tensão. Filha, sussurrou entrecortadamente minha mãe, assoando o nariz com um lenço resgatado do bolso. Filha, como em segredo, se eu pudesse, minha filha, e dizia isso sozinha, só minha mãe, filha, se eu pudesse eu lhe daria os meus olhos. Eu os arrancaria aqui mesmo, nesta rua, eu seria feliz se você ficasse com eles. Estou velha, já os usei o suficiente. Escuto ao longe Ignacio conversando com o taxista, dizendo já vai, e eu assinto como uma castigada, com a cabeça caída entre os ombros, sem saber o que dizer, o que responder, além de agradecer com lentidão, me afastando de sua asfixia, obrigada, mas não precisa, vou ficar bem, sentindo que nesse instante a médica em minha mãe ajeitava os óculos e levantava as sobrancelhas sussurrando, maldosa, como é que você pensou em dar seus olhos a alguém, ainda mais a esta aqui, que não sabe cuidar deles? A médica em minha mãe a repreendia: com o que você vai ver seus pacientes? Mas não me interessava ouvi-las discutir ou criticar uma à outra como de costume. Eu estava plantada sobre o cimento, absorta na ideia de minha mãe arrancando um olho com suas longas unhas esmaltadas e depois arrancando o outro. Estava vendo, eu, aqueles olhos já não muito brancos, um pouco amarelados, bem redondos, unidos à cavidade vazia por um nervo grosso e de um vermelho intenso que se alongava e se contraía sem chegar a se romper enquanto minha mãe tentava dilacerá-los, enquanto eu mesma gritava, formol!, alguém aí!, formol!, porque os olhos são órgãos de curta duração. Porque os olhos são os órgãos que primeiro se decompõem. (Pensei nisso tudo tentando deixar de pensar e então me lembrei que o formol só servia para conservar órgãos mortos.) Deixando de lado a proibição do oftalmologista levantei o pescoço e sapequei dois beijos em minha mãe, um em cada pálpebra, e deixei os lábios ali por um momento mais longo do que o apropriado para um beijo filial, mas aquela pele era tão fina e suave, tão perfeita sua tepidez, tão terno e leve o movimento das órbitas. Minha mãe já não me abraçava, mas afrouxava os braços, se despedia amavelmente de Ignacio, tchau, filho, dizia, e eu a ouvia, mas me pegava pensando, de repente atribulada, que aqueles olhos dela eram fibrosos demais. Eram olhos usados, gastos e até desperdiçados pela medicina, olhos velhos demais, e empurrei minha mãe até a porta do táxi para que enfim partisse. E quando o carro se afastava comecei a rir, a rir devagarzinho, com o pescoço ligeiramente dobrado, com a cabeça tombada, com a vista coberta, imaginando o susto que teria ao me olhar no espelho com aquelas pupilas senis. Escutei então sua voz quebradiça se virando para mim em plena fuga, sua voz na janela do carro em movimento, filha, gritava operística e visionária, minha mãe, minha filha, conte com os meus olhos, são seus se você quiser.

Ignacio ficou com a arrepiante missão de separar, dedos em pinça, meus cílios recortados, de cuidar de meu olhar vidrado ou perdido, da íris distendida num buraco negro, da córnea perfurada com três pontos mal suturados e inchados, ao redor de cada pupila. Cada olho quase rebentando de tão inchado, o arranhão constante das costuras sob a pele. Era ali que Ignacio devia aplicar diversos colírios, sucessivos unguentos, e limpar a gordura que supurava pelas bordas quando o olho caía, finalmente abatido pelo peso mortal das pálpebras, curativos e câimbras que desciam da nuca até as costas. Estou com fome, anunciei enquanto Ignacio se lavava, enojado e enjoado e com vontade de desmaiar, dedos, mãos, unhas, cotovelos, dentes. E embora ele não quisesse comer pedimos sanduíches de carne sangrenta no restaurante cubano da esquina. Para nos fortalecermos, insisti, para não irmos para a cama de estômago vazio. Mas era outro martírio comer sem poder levantar a cabeça. Abaixe-a, ordenava Ignacio, transformado no impertinente boneco do médico ventríloquo. Vai acabar ficando com catarata, dizia, perdendo a paciência, raivoso, furibundo e esgotado, o meu enfermeiro. Abaixe-a, dizia com voz de martírio e me tirava o consolo da comida. Era difícil mastigar e perigoso engolir com a cabeça afundada, impossível falar sem levantar o rosto, meu rosto que logo questionava a ordem e instintivamente se levantava em busca de um olhar. Os olhos nunca renunciam, dizia eu, sempre procuram outros olhos, dizia, compreendendo que era esse o impulso, mas Ignacio se recusava a aceitar explicações. Abaixe-a. Que lhe dirigisse palavras sozinhas em vez de olhos. Que controlasse a nuca. Que por favor parasse de balançar, para frente e para trás, na cadeira. Desobedecendo à minha vontade meu corpo mecânico continuava a mover-se como um pêndulo, minha cabeça lutava para se levantar, minhas pálpebras, para se abrir, assustando Ignacio com meus olhos de traça, cheios de luz. Feche-os, dizia meu enfermeiro com o estômago virado, engolindo à força um pedaço de pão e um pouco de água, diabos, não consigo comer olhando para você. Me vigiar o deixava atordoado, mas de noite ele também não descansava, velando meu leito: cada movimento meu o impedia de conciliar o sono. Eu caía derrotada por todo tipo de mal-estar, sem prestar atenção à posição noturna da cabeça, enquanto Ignacio se levantava da insônia e me sacudia para me socorrer de mim mesma. Vire-se, está na posição errada, e me empurrava com impaciência para a posição ideal das bolhas. Não lembrava nada, eu, do que acontecia de noite, se discutíamos ou não, se nos beijávamos ou cuspíamos um no outro, se nos desejávamos deitados um dentro do outro ou eu em seu peito, se nos matávamos mais um pouco. Ignacio se levantava ao alvorecer com escravidão profissional e fazia um café preto. Indo e vindo pela fadiga da manhã se despedia ou se safava de mim batendo a porta. Era impossível segurar Ignacio, fazê-lo desistir de suas fugas diárias até o escritório, tirá-lo de suas aulas, de todos aqueles alunos que lhe devolviam o olhar com ambiciosa insolência.

Como um avaro, empanturrava-se de risadas espontâneas e conversas sisudas, seus lábios cheios de ciências políticas, de debates, de corrupção, seus lábios esquecidos um pouco de mim enquanto eu também descansava um pouco de suas raivas e me entregava a todos os minúsculos ruídos que a casa orquestrava em sua ausência. Mas o amor de Ignacio era volúvel e elástico, esticava-se sem se romper e o trazia de volta para o meu lado. Ele me ligava para conferir se eu não tinha saído da cama, se tinha encontrado o café morno sobre a mesa e a torrada já untada com manteiga e a seringa pronta, queria saber se tinha voltado cabisbaixa pelo corredor, se tinha me jogado de bruços no colchão e por onde andavam meus pensamentos. Eu deslizava pela casa mentindo lá de longe sobre tudo ou quase tudo, pois sim, sim carregando e suportando a cabeça castigada, sim de pé diante da porta da geladeira, sim enfiando um dedo entediado até o fundo dos recipientes, deixando um rastro de migalhas que depois Ignacio, trazendo cheiro de cidade, de ruas abertas e de papéis velhos, trazendo cheiro de uma alegria que logo se dissolvia, cuidaria de varrer. Passar o pano. Recolher ou limpar e ir me desprezando ou me adorando, se entregando a meus desejos como ao vício, sem estabelecer prazos, Ignacio, nem condições.

RAIOS, CENTELHAS

(Sentir ou inventar o ruído de teus passos cadenciados vindo pelo corredor. Evocar chaves girando na fechadura, a língua da aldrava lambendo o interior da porta, o roçar das solas no parquê ainda pelado pelo qual você se aproxima bem devagar, me procurando. Lina? Me esgueiro pelos meandros do apartamento que treinei para reconhecer como se tivesse teus olhos míopes, mesmo na tua ausência. Parei de mancar, a manqueira acabou porque todas as

dores resvalaram pelas vértebras até o pescoço, até o rosto, deixando o resto do corpo liberado: separo as pernas levemente, levanto os joelhos com esforço, finco ambos sobre o peito e deixo de ser a cega paralítica. Lina? Aqui, falo, no quarto. Me estendo na cama e cresço alguns centímetros enquanto vou desnudando minhas coxas. E entre a repugnância e o desalento de Ignacio, entre seu cheiro de fome e de cinzeiros colapsados, entre minhas pernas. Aqui. E você aceita o que ofereço como um cão faminto recebe seu osso descarnado. Você me parece mais magro e miserável, mas eu também me tornei mais descarnada, mesquinha, desfalecente. Nos enchemos de mordidas como animais elétricos, a corrente de teu corpo me revive, sou o produto remendado de teu relâmpago. Saltam chispas em meus olhos, grandes chispas brancas e azuis como raios, raios, exclamo, estou vendo raios. Te digo isso alienada e suspensa, possuída pelo terror e pelo encanto, mas não pare, e enterro as unhas em tuas costas, é um sexo alucinante, essas chispas cintilam em cada sutura da retina, quero te contar tudo, descrever cada detalhe mas você tapa minha boca, amordaça minha obsessão pelo detalhe, precisa esquecer agora, pelo menos neste instante, quem somos e o que fazemos aqui, quem você é e quem foi antes. Não dá pra rolar com você gritando, muito menos rindo aos gritos. Mas há quanto tempo não dou risada, há quanto tempo não dou risada assim. Como uma lunática, responde você com uma cara, imagino, de susto. Às vezes você me dá medo, diz, amargo e ofegante e se afastando de mim como de uma meia cheia de farpas. Às vezes não sei quem você é na cama. Quase nunca sei quem você é. Tua voz é uma voz desconsolada e verdadeira que de repente me intimida. Você está decidindo que deve renunciar? Escuto você acender um cigarro. Estamos jogados sobre o lençol. Eu de bruços, você de costas. Sem levantar a cabeça me aproximo e peço uma tragada. Te ofereço minhas costas elétricas para que teus dedos recebam as chispas de energia que este momento pede. Nos reconectamos. E então, você diz, como se continuasse uma conversa interrompida, um diálogo que você levava minutos ou meses mantendo sozinho, então, quando ri assim faz com que eu me sinta um estranho, um desconhecido, alguém transitório. Faz com que eu me sinta terrivelmente sozinho. (Mas é isso que somos, dois estranhos reunidos por acaso no impossível quebra-cabeça da doença.) Não quero me sentir sozinho ao teu lado, você diz com solenidade, porque já não tenho ninguém. Não tenho pais, não tenho irmãos, não confio mais nos meus amigos. Só tenho você, e nem disso tenho certeza. O que eu quero saber, diz você, é se vai me deixar quando se recuperar. Se vai me abandonar. Quer dizer, você fala, estaria disposta a se casar? Casar?, repito, sem entender a palavra, casar, calada, comovida, manuseando essa pergunta ruidosa e funesta, o adejo frenético e delicado dessa frase, calculando as implicações da pergunta e as consequências da resposta. Depende, te digo, num suspense cheio de amor e de vileza, depende do quanto você me ama, do quanto mais está disposto a fazer por mim.)

DITADO

Teorizar sobre as estratégias dos oprimidos e a resistência da margem é uma coisa, outra, radicalmente oposta, era sentir empatia. A estratégia de meus colegas acabou por ser esta. Fazer vista grossa. Se esconder nas leituras. Se proteger na academia e se deixar envernizar por seu jargão. O que poderiam me dizer, se só sabiam falar de conceitos difíceis, metidos em livros ainda mais obscuros que eu não estava lendo? Talvez pensassem que sem olhos não era mais possível pensar. Será que pensavam que para pensar era preciso estar por dentro da última teoria? Não tive oportunidade de lhes dizer que eu não fazia outra coisa senão ler, nos longos dias da cegueira. Toda semana eu recebia livros gravados, livros aos quilos, pelo correio. Eu me agarrava à ficção como a Ignacio. Só a orientadora da minha tese interrompida sabia disso. Só ela se animava a me ligar, de vez em quando. Como foi a cirurgia, disse de repente sua voz gasta, mas firme, na qual mal ressoava o primeiro sotaque. Não sei bem, falei, e ela pulou para a linha seguinte sem me dar tempo de compartilhar os pormenores, agora minha especialidade. Silvina era pródiga em detalhes, era outra especialista nos horrores do corpo. Era uma mestra sobrevivente: além de diplomas acadêmicos entesourava medalhas intangíveis, garantindo que tinha vencido, duas vezes seguidas, a morte. E a escrita?, disse ela, como vai a escrita? Que escrita?, respondi, lembrando-a que por acordo mútuo eu tinha suspendido minha pesquisa. A doença na literatura latino-americana, pensei, me dando conta de que eu era como a antropóloga que se apaixona por seu objeto de estudo. Um amor desmedido, arriscado, porque o objeto tinha se apropriado de mim, se voltado contra mim. E então eu precisei me entrincheirar, pôr a tese na trincheira. A única coisa que eu fazia era acoplar romances nas orelhas ou escutar as notícias no rádio ou na televisão, tentando não me desconectar do mundo, mas me abstendo de minha própria escrita. Refiro-me, disse Silvina, ao romance que você estava escrevendo. O romance, respondi, essa coisa inacabada agora é isso, disse, e fiquei pregada nesta frase que nem eu mesma entendia direito. Mas não deve parar de escrever, incitou ela, escreva o agora, o dia a dia. Escrever uma memória cega, eu disse. Silvina disse. Há tantos escritores cegos. Há só um, lembrei-a. É verdade, murmurou. E ficamos em silêncio, ela pensando naquele escritor e em suas leitoras durante horas, suas sucessivas secretárias e taquígrafas; eu pensando, entretanto, nas mãos trêmulas de Silvina, no movimento peristáltico de seus dedos quando falava, na pálpebra levemente caída sobre o olho esquerdo que lhe dava um toque inquietante de beleza. Mas Silvina interrompeu nosso pensamento simultâneo, perguntando, como se afirmasse. Dite para um gravador, é isso que você deve fazer, ditar. Não é a mesma coisa escutar romances e ditá-los, falei. Dite um diário, então, disse ela. E eu falei, meu impulso sempre foi a ficção. Não eram os fatos reais que me mobilizavam, mas as palavras, e era minha mão que empurrava as palavras, que construía e depois desfazia as frases para voltar a compô-las. Escrever era um exercício manual. Puro malabarismo. Seria mais fácil aprender braille, que requeria dedos, do que tentar trabalhar com os ouvidos. Mas por que você não tenta, disse ela, resoluta, você tem gravador?, quer que eu te mande o meu? Você logo se acostuma. Não, Silvina, não vou me acostumar nunca e não quero me acostumar, falei, sombria, sentindo que minhas palavras reticentes guinchavam no silêncio que então se produziu. Você percebe que está fazendo Lina Meruane desaparecer? E eu, sem titubear, disse que Lina Meruane ia ressuscitar quando o sangue ficasse no passado e eu recuperasse a visão.

MUTILADA

O telefone sem fio ficava sempre no meu bolso e tocava a toda hora e eu, jogada em algum canto da casa, no sofá ou na poltrona inexistente, no chão ferido pela mudança, deitada sobretudo na cama para segurar a cabeça, atendia e dizia sempre, sim?, sim?, e me perguntava quando começaria a dizer não. Sempre podia ser a Manuela se oferecendo para uma visita que eu adiava. Podia ser Ignacio, do escritório, ou minha mãe ou meu pai ou os dois juntos de Santiago. Meu pai não exibia nada além de um titubeante Lucina?, filha?, como vão esses olhos?, porque em seguida minha mãe arrancava o fone dele ou nos interrompia lá do outro extremo da linha. Agora que só restavam os dois na casa todas as extensões estavam disponíveis. Havia um aparelho em cada quarto e eles usavam todos para me telefonar. Na certa eram eles, pensei, porque Ignacio tinha acabado de sair. Me cumprimentaram ao mesmo tempo, como vão esses olhos? As perguntas de meu pai acabaram logo e ele cedeu a conversa para minha mãe. E sem ouvir nenhuma resposta sobre minha saúde ou minha inquietação minha mãe me atribuiu, categórica, uma fraqueza. Eu estava perdendo o pulso da paciência, disse ela. Estava perdendo a confiança e a cordura. Eu cambaleava inteira, mas precisava ser forte, porque tinha o privilégio de estar viva. Sei que você não está bem, disse ela. Meu sensor nunca falha, acrescentou minha mãe fantástica e repentina a oito mil duzentos e cinquenta e três quilômetros e mais alguns metros de distância. E nada do que ela dissesse me serviria de consolo. Mesmo duvidando, duvidando, mas não se sujeitando, pensou, pensando de um jeito péssimo, que uma história pior que a minha podia colocar as coisas em perspectiva. Estar cega não é nada, nada, me disse, nada comparado ao que acaba de acontecer com uma pobre estudante de medicina. Não devia ter perguntado, mas caí na armadilha de minha mãe e perguntei pela pobre estudante de medicina, dez anos mais jovem que eu, nove, para ser exata. A pobre estudante, começou a contar, descomedida, lúgubre, mórbida, minha mãe, tinha partido de trem rumo ao Sul profundo e no meio da noite alguma coisa atravessou a cabeça desperta ou adormecida dela, um mau presságio soltando rolos de fumaça e apitos na escuridão de

alguma estação fechada; não se sabe o que, disse minha mãe também dolorida, mas ela começou a andar pelo trem indo ao encontro de sua má sorte e ao cruzar entre dois vagões deu um passo em falso, um passo desajeitado que não foi em falso, mas no vazio. Entre os vagões não havia nada, nem um pedacinho de plataforma. Minha mãe fez uma pausa enquanto nós duas imaginávamos sua queda sobre os trilhos afiados e o trem indolente seguindo seu caminho. Você está aí? Aqui, e onde mais estaria, saltei eu, desejando não ter sentido a queda, o baque mortal da estudante. Morreu se esvaindo em sangue, não? Não, replicou minha mãe. Ficou inconsciente sobre os trilhos e acordou quando o trem já havia desaparecido. Não sabia o que tinha acontecido. Não havia lua naquela noite e ela não via nada, não entendia por que não conseguia se levantar, porque suas mãos não lhe respondiam. Começou a gritar porque ouvia ao longe uns cães insones. Até que alertados pelos latidos os moradores correram para ajudá-la. Seguindo, minha mãe, um impulso maquinal, me diz então que o trem tinha cortado os dois braços e as duas pernas dela. E então, prosseguiu, mas eu já sabia onde aquilo ia dar e não queria que fosse, não queria que me atormentasse mais, nunca mais. Então nada, falei, não me conte mais nada. Não quero saber. Como pode pensar em me pedir que compare minha sorte com a dela?, falei, sentindo levantar-se uma antiga raiva, um terror visceral do qual eu nunca tinha me afastado, podia esquecê-lo mas minha mãe estava sempre ali para trazê-lo de volta e me amedrontar com sua própria angústia. Não me fale mais de tragédias, mamãe, nunca, nunca mais. E pressionando de uma vez todas as teclas do telefone cortei por alguns dias toda comunicação.

EFEITO DUPLO

Fechada no banheiro, tiro os curativos: primeiro um, depois o outro, e em seguida abro os olhos de repente. Agora os pontos de fio preto se partiram e caíram, seguindo o ditame de sua misteriosa manufatura. Já não há simplesmente dois feixes de luz estridente. As bolhas já começaram a se encolher, deixando na borda minha verdadeira visão periférica salpicada de cores tênues e imprecisas, resíduos de um arco-íris que jamais terá o mesmo brilho. Mas no centro, o gás é uma lente de aumento, uma lupa poderosa na qual crescem e se perfilam as linhas da mão quando as aproximo, as minúsculas flores impressas na saboneteira, as indicações do frasco de aspirina. Tenho a impressão de estar alucinando. Isso é parecido com ver, mas é muito mais que estar vendo, é estar de posse de um verdadeiro olho biônico. Como perdi o hábito de usar os olhos, procuro às cegas um espelho portátil na gaveta. O que encontro ali, a dois centímetros, são os buracos de meu nariz e em cima duas bolas inchadas, feridas, duas pupilas abertas e insondáveis, e se me afasto vejo que meus dois olhos se tornam quatro. Tomo ar e mais distância, testo o que cada olho vê separadamente e constato com inquietação que enquanto o direito produz imagens exageradas e prístinas, o esquerdo as percebe um pouco distorcidas. Experimento com os dois juntos: o que vejo é a duplicação dos objetos. Penso duplamente que estou vendo, e essa é a boa notícia, mas que vejo mal, e essa é a má. Vejo então duas lágrimas caindo sobre a superfície do meu espelho que agora também tem seu decalque. Alguma coisa não deu certo, informo Ignacio quando o escuto na porta carregando uma caixa de ovos e outra de leite. Nes--te o-lho, digo, medindo e separando cada sílaba, aqui há um problema que talvez sejam dois. Que problema, como você sabe?, gagueja ele, sabendo o que isso pode significar, mais operações e a operação final. Vejo mal e vejo duplicado. Duplicado, balbucia Ignacio com a boca seca, confuso e exausto de sobressaltos, mas também espantado de que eu possa me dar conta de minha visão ruim. Não está imaginando coisas? (Como explicar isso para você, que não viveu a falta de visão e outra vez a volta dela, cada olho por sua conta.) Há explicações de sobra. Meu corpo sabe com certeza irrefutável que isso é pior que péssimo.

Pior que as sequelas do laser cegante com que Lekz foi queimando o interior de meu olho ao longo de dois anos. Pior que o inchaço dos tecidos moles que me impedia de ler depois de suas intervenções. Pior que as possíveis roturas e os possíveis arranhões das pinças no hospital, que as crostas retesadas das retinas, que a catarata quando o hélio finalmente desaparecer. Renuncio à ciência e a suas possíveis explicações. Este é um olho que fraqueja, um olho que manca, um olho ou dois olhos irreversivelmente doentes. E deixo que derramem lágrimas raivosas e ácidas, e os castigo, castigo eles, meus malditos olhos, deixando--os à mercê de minhas mãos que os beliscam, cutucam, apertam e secam sem tomar nenhuma precaução. Em vão Ignacio tenta me segurar. Levanta meu queixo e levanta minhas pálpebras. Vejo bem próximos seus olhões de boi pasmo que de repente se tornam quatro olhos esfumados. (Que quantidade de olhos, você tem olhos de sobra, quatro olhos com quatro lentes para miopia.) Me solte, falo com aspereza, não precisamos brincar de oftalmologista, não tem como ganhar nessa brincadeira, e como se o demônio estivesse me ouvindo e quisesse me dar razão, ao virar a cabeça indignada dou de cara na porta. Um golpe violento na maçaneta. Um golpe seco e sonoro que tem um efeito devastador. Sangue, outra vez, no olho. Um fio fino de sangue que já não sei de onde vem. Outro efeito duplo, outro decalque do que já aconteceu, tudo igual, mas agora começo a gritar, a vociferar, e não de dor. Ignacio grita e vocifera de volta, o que houve?, onde bateu? Estou com os olhos bem abertos, estou vendo como o olho olha seu fio de sangue, olhando tudo sem parar de gritar estou sangrando outra vez estou sangrando. Mas não pode estar sangrando, diz ele, travado, perturbado, agora já não podem sangrar, tiraram aquelas veias. Então grito mais forte, grito tudo o que não gritei quando devia. Estou vendo o sangue outra vez, estou vendo o sangue com os meus olhos. (Quero arrancar os teus, metê-los dentro dos meus para que você possa ver o sangue.) Ignacio vai disparado até o quarto telefonar para Lekz. Pede para falar com Doris, sim, Doris, escuto ele dizer pulando o cumprimento, sim, Doris, já sabemos que Lekz não atende nas últimas sextas-feiras do mês já sabemos que esse é seu dia de. Cale-se! E ainda que Doris só fale inglês, ela entende na língua universal da histeria que lhe confere o silêncio. Escuto Ignacio bufar alto e depois, com sua diplomacia professoral, modulando cada consoante, cada sílaba de um britânico ensaiado, respirando profundamente um instante para recuperar o tom, por favor, Doris, ponha-me em contato com Lekz. E se vira para mim, que estou parada na porta, me segurando, e me diz, arfando, vá se vestir que estamos indo.

CONTRARIEDADES

Levantamos os braços na rua como se pedíssemos ajuda, mas o que se detém diante de nós é um carro amarelo que parte como um vendaval de outono atravessando, desenfreado, a cidade pela autoestrada. Ignacio dá ao taxista umas notas mornas e estalantes e entramos aos trancos e nos sentamos. Ignacio imediatamente percebe que hoje a clientela é outra, nas sextas-feiras ao meio-dia são marcadas as consultas dos operados pela especialista em cataratas. Todos estão vendados, como eu, porque coloquei os curativos de novo, mas mantêm as cabeças orgulhosas e erguidas como galinhos de briga. Escuto um cacarejo conhecido se aproximando. É Doris, que se acocora ao meu lado e aproxima seus lábios gordurosos de meu ouvido para me anunciar: temos uma contrariedade. Sim, repito, como um robô, temos, ou melhor, tenho. Doris assente e pergunta se eles também entraram em contato comigo. Quem são eles? O pessoal da companhia! Que companhia, falo, sombria, não quero nenhuma companhia além da de Ignacio. Ela, que não consegue atender mais de um problema de escritório ao mesmo tempo, fica ruminando um instante, confundida com minha confusão, com o olhar fixo sobre uns documentos, até que resolve o mistério e se vê na necessidade de me esclarecer que não se trata exatamente de mim. Mas faz um tempo que tudo parece tratar sempre de minha pessoa. Mas não, diz Doris outra vez, esqueça de você e de seus olhos por dois minutos. Doris quer falar comigo, mas eu sinto que dentro de mim não cabe nem mais ar nem mais sangue nem mais burocracia, que vou explodir enquanto ela fala da maldita companhia de seguros. Não quer pagar a operação. Minha operação, penso, sem contradizê-la, mas notando que falamos outra vez de minha pessoa. A companhia, prossegue Doris com ar transitório, aprovou uma operação que não é a que acabou sendo feita. As coisas se complicaram na sala de cirurgia. Ah, é?, falo por falar, tentando desviar meu pensamento para alguma zona de minha existência que não signifique complicação, mas não encontro. É, diz Doris apoiando agora os joelhos no chão, porque não aguenta o peso de seu corpo, é, diz, a companhia determinou que os exames não contêm evidências conclusivas de defeito ou lesão ou de anomalia visual. E como eu já não respondo nada, é ela mesma quem se faz as perguntas retóricas de praxe e as responde. O que eles queriam?, exclama, uma cega de bengala e um cão-guia para comprovar que era absolutamente inevitável a operação? Minha operação, penso em segredo, que custa a ela dizer que é minha, tão minha quanto meus exames, minha vida, meu Ignacio. Ignacio continua em silêncio, decidido a não se levantar mais da cadeira, e nós seguimos seu exemplo, ficamos os três calados, os três abatidos, todos de pernas cruzadas alinhavando ideias soltas ao redor daquela cifra milionária e talvez inútil que o seguro se nega a pagar. Mas a aguerrida secretária não aguenta muito tempo e abandonando a mudez me diz eles são uns desgraçados, não é a primeira vez que fazem isso conosco. Vamos mandar para eles o vídeo da operação (a minha operação, a minha e talvez um pouco também a tua) com um saco de pipoca, continua ela, vamos cobri-los de fotografias ampliadas e emolduradas para que se informem, e cópias íntegras de todas as fichas, vamos enviar a mais recente literatura médica, os protocolos de pesquisa, vamos bombardeá-los com e-mails. Doris promete saturá-los de telefonemas, colapsar seus circuitos. Até que se cansem de mim, conclui Doris, antecipando a vitória. Vão nos pagar até o último penny. Não se deixe assustar por eles, e dando palmadinhas em minha mão se levanta com dificuldade, fazendo a cadeira ranger, e se afasta de nós cumprimentando Lekz, que chega nesse momento, com o cabelo emplastrado pelo vento. Boa tarde, cumprimenta, fazendo cara de interrogação quando nos vê.

RECONHECIMENTO

Lucina, disse a ele, e estendi a mão para o ar e para ele, porque sabia que já se esquecera de mim. Sempre se esquecia, apesar de nossas infelizes e já quase históricas aventuras por consultórios e salas de cirurgia. Lucina, doutor, já sei que não se lembra, falei, me prometendo que um dia ia conseguir que ele nunca me esquecesse. Baixando a voz até o impossível, Lekz me pediu que o desculpasse, mas seu esquecimento não era eu. Eram todos. Por mais que se esforçasse ele via as pessoas entrando em sua sala e não fazia a menor ideia de quem eram, foi o que disse, sempre pigarreando, com a lupa levantada sobre meus olhos, mas sem chegar a me examinar ainda. Com a mão suspensa no ar ele me confiou que entrava um paciente atrás do outro e cumprimentá-los pelo nome era algo que aprendera a fazer de forma mecânica. Cumprimentá-los como se os conhecesse era questão de ofício. Questão de prestar atenção na lista que a diligente Doris se encarregava de deixar para ele digitada sobre a mesa. Hi Peter. Step inside Gary. How are you Ms Smith, nice to see you. E assim iam entrando um atrás do outro, e iam detalhando uma dificuldade óptica, um derrame, um descolamento de retina, um glaucoma ou uma degeneração macular atrás da outra. Coisas tão cotidianas que os dias iam se tornando indistinguíveis. Depois de tantos anos também os nomes lhe resultavam insuficientes. Não me dizem mais nada, disse, levantando sem esforço suas grossas sobrancelhas grisalhas, enrugando a testa, envelhecendo um século. Suas vozes não me dizem absolutamente nada, seus rostos não me dizem nada. Eles falavam sem vê-lo, pensei, ele os olhava na cara sem reconhecê-los. Todos lhe eram vagamente familiares, cada um de seus gestos, de suas inflexões, gerava um brilho fugaz, uma pulsação, um latejo no córtex cerebral que não chegava a constituir uma memória. Os históricos clínicos também não lhe diziam nada, porque era incapaz de decifrar suas hieroglíficas anotações anteriores. Como um analfabeto perdido num excesso de sinais, ele enfrentava, a cada dia, todos eles. Mas os organizava e sob sua lente se dispunha a ler a crônica íntegra de cada olho. Sobre essa superfície se revelava a ele a identidade de cada paciente: ao olhar para o interior se lembrava dos detalhes. Lembrava-se até da ordem em que tinha cunhado seus golpes de luz. Mas não, não é lembrar, precisou Lekz, me instruindo a jogar a cabeça para trás; não é exatamente ter memória ou rememorar. All the way back, repetiu, forçando a voz enquanto levantava minha pálpebra para dar início ao exame, submerso na íris retraída até as bordas. Não é lembrança, mas reconhecimento. Porque por dentro, mas também por fora, todos os olhos eram diferentes e todos levavam agora sua assinatura. Apesar da emergência, Lekz parecia alheio quando repetia sua contrassenha, primeiro para cima, para cima à direita, para o lado. All the way to the right. Um pouco mais para baixo e totalmente para baixo. Meu pescoço girava sobre seu eixo como em um ritual. E seguindo o percurso circular, Lekz foi iluminando, com aquela lupa mais poderosa que qualquer outra, todo o perímetro da minha retina. Esperei que me dissesse o que estava vendo ali, que imagem de mim estava surgindo do fundo do meu olho. O que dizia da minha vida a partir de seu diagnóstico. O que está acontecendo com os meus olhos, doutor? Ah, disse ele, alongando o *a* com voz de oráculo ou de iridólogo ou simplesmente de oftalmologista charlatão. Estas retinas são minha obra de arte.

VEIAS

Mas sua obra de arte ficou mal-feita, disse eu, exasperada, e acima de tudo espantada de que ele não tivesse visto. Mal-feita? Não me olhou direito, doutor. Lekz pigarreava como se seus anos de fumante estivessem lhe dando ali mesmo a conta. Outro derrame. Não se preocupe, murmurou Lekz, inquieto, agarrando uma mecha de cabelo e manuseando-a, aflito, sangrar um pouco não é tão estranho depois de uma operação, disse, não é nada estranho, repetiu, não há motivo para se assustar. Insistia na calma falando entredentes até que emudeceu, protegido pela lupa. O silêncio dele não era um silêncio qualquer, mas um silêncio que vinha de seu corpo. Lekz tinha parado de respirar. Eu também tinha renunciado à respiração. Estava decidindo me asfixiar. Era tanto o silêncio que não só nós, mas também as pessoas na sala podiam ter se desintegrado, o mundo podia ter desaparecido levando Ignacio. Pensei nele alarmada, me perguntei por sua angustiante decisão de ficar lá fora. Anunciara isso com firmeza, embora no último momento tenha mudado de ideia e se aproximado da porta atrás de nós, mas Lekz a fechou na cara dele. Ignacio deve ter voltado para a cadeira, devia estar virando ansiosamente as folhas das revistas sem lhes prestar um segundo de atenção. Lekz abriu os lábios, tomou ar pela boca, inflou seus desvalidos pulmões de fumante aposentado e interrompeu meu silêncio com suas palavras. Houve uma pequena falha. Uma falha ou uma imperfeição surpreendente, é verdade, admitiu. Não sei como não vi antes, murmurou com amargura premonitória, estava tão próximo que eu podia escutar suas unhas coçando a nuca e a veia pulsando em seu pescoço. Tirou o aro de metal da cabeça e explicou entrecortadamente que tinha deixado de cortar algumas veias crespas, veias bem no centro do olho esquerdo. Ficaram lá, repetiu, castigando-se na repetição. Eu estava certo que. Pensava que. Talvez estivesse mentindo e esfregando as sobrancelhas, talvez fosse verdade que naquele momento tinha acabado com as veias.

E se fossem veias novas? Veias destes últimos dias? Lekz estava mais sozinho, mais tenso e obscuro que sua própria sombra. Nunca vi isso, mas quem sabe um de meus colegas. Ou vários. Ou todos. Poderiam dar uma olhada em você. A reunião clínica é hoje de tarde. Assim poderemos ter certeza. Estudei seu ricto pós-soviético com meu olhar duplo e fraco enquanto ele me dizia que eu não ficaria adormecida, mas apenas tonta com um pouco de anestesia. Não vai sentir nada, prometeu, enquanto ia até a sala de espera para pedir a Doris que reservasse uma hora no anexo quatro. Vai operá-la agora mesmo, doutor?, disse Doris com um suspiro, embora por dentro ela mugisse por causa do acúmulo de tarefas simultâneas. Mas ela era uma mulher treinada para mugir para o mundo e lamber a mão de um único homem, seu dono. Agora mesmo, Doris, a sala de cirurgia das reuniões clínicas, marque com meus colegas uma revisão ambulatorial, murmurou Lekz com a suavidade de todo verdadeiro amo.

DESAPARECIMENTOS

A cidade desaparece, o hospital abre suas portas e eu também desapareço, sem me despedir de ninguém, entre sua papelada e seus corredores fluorescentes. Nessa ocasião levo cartão express e o uso para entrar numa sala de cirurgia abarrotada de oftalmologistas de diferentes tamanhos e formas, todos distorcidos e um pouco duplos. Vejo mais ou menos que Lekz aparece em seu jaleco verde entre outros fantasiados com a mesma roupa. Compreendo mais ou menos que todos terminaram suas intervenções matinais, mas permaneceram para conferir, junto de Lekz, o mistério de minhas veias. Escuto também mais ou menos suas anedotas, seus pêsames, suas ideias políticas, e não experimento nenhuma sensação. Não sinto nada quando me anunciam o golpe de líquido anestesiante. Só peço que o efeito dure o tempo dessa violação coletiva, e por mais que odeie ser manipulada, decido me entregar. Fecho os olhos apenas por um instante para que Lekz os abra por mim, daqui a pouco. E agora estão abertos de par em par. Ouço vozes distantes, conversas próximas que consigo reter, mais ou menos. Alguém pronuncia a palavra veia e mais alguém a repete até fazê-la desaparecer. Alguém usa a palavra proliferação. Alguém, uma frase sobre o crescimento auxiliado por hormônios. Se fosse um homem isso não teria acontecido. Sei que mais alguém me examina e penso um monte de coisa misturada, mas o quê? Há palavras ensanguentadas por toda parte. Sei que discutem minha sorte, mas sei que não tenho certeza do que decidiram e chega um gole d'água em minha boca na sala de recuperação e depois um chá com bolachas insossas numa sala comum cheia de gente. Não há nenhum oftalmologista, nenhuma enfermeira, nenhum Ignacio. Estou esperando que ele apareça e me leve para casa. Não permitem que eu vá sozinha, poderia sofrer um desmaio, poderia processá-los por perdas e danos, terei de ficar e passar outra noite aqui porque Ignacio desapareceu. Não virá mais esta noite.

Talvez não venha amanhã. Talvez você não venha mais, Ignacio, é o que penso antes de meu próprio apagão.

OLHO POR OLHO

Abri o olho e lá estava a menina com o curativo em um lado do rosto, a menina me lançando o raio elétrico de seu olhar. Nesse único olho descoberto se concentrava todo o espanto dos hospitais que agora caía como um machado sobre minha córnea. Enquanto a rua se animava ao longe num sopro ou num sussurro, e o sol despontava indigente pelos vãos das cortinas para nos rastrear com sua luz, enquanto as lampadazinhas balançavam suavemente no teto, movidas pela incessante marcha de filipinas mudando de turno, enquanto eu lutava para acordar, o azul deslumbrante e arrepiante do olho dela já estava aceso havia horas, apontando para mim. Entrecerrei os olhos tentando me proteger. (Te procurei com o olhar, mas você não tinha aparecido.) Eu piscava, sem acreditar que saíra de um abismo anestésico para cair fulminada pelo olhar de uma menina que também esperava por seu médico. A criança não tirava o olho de mim, não poupava nem um grama de pupila. Era seu olho contra o meu, mas o meu era apenas uma íris destroçada pelas operações, uma pupila titubeante. Era um demônio, um encanto, uma alucinação pós-operatória? Em que momento tinha chegado essa menina tão pequena, assim assustada ao encontrar uma vesga como ela? Estava a alguns metros, sem se queixar nem coçar a pele ao redor do curativo, perplexa, e eu desviei o olhar, e nesse desvio, que era a única fuga possível, percebi que a menina não estava sozinha. Não. Ao redor da menina estavam prensados os dedos daquela que devia ser sua mãe. Não olhe assim para ela, murmurava a mulher, e sua voz ecoava nos tetos altos da sala, não olhe que ela está te olhando, repetia, embora me lançasse descaradamente, sem o menor pudor, seus próprios olhos: os dois, na falta de um. Não é educado, explicava a ela crivando-me com sua vista. Meu olho nu olhava para a menina esfumada e depois para a mãe, que secava a oleosidade da testa, e depois para a filha, confusa, esperando alguma coisa acontecer. Será que não arrancaram um olho teu também?, ouvi a mãe dizer. Será que não extirparam um câncer? Não era uma pergunta, mas uma recriminação, uma reprovação que a mulher desfraldava para exibir a superioridade do sofrimento de uma mãe diante do olho único, mas demolidor, de sua filha. E então me lembrei de minha mãe, minha mãe me jogando seus olhos velhos na despedida, e pensei em Ignacio, em seus dois olhos negros sem defeitos, aqueles olhos que ele não parecia consciente de ter, e pensei também que ficaria muito sozinha sem meu olho se o perdesse, que teria um rosto órfão. E então. Se a senhora se importa tanto com sua filha, disse, desafiando-a, provocando-a para um duelo consigo mesma, se lhe dói tanto a perda, entregue a ela o olho que lhe falta, dê o olho agora mesmo, mesmo que ainda fique grande para ela.

(Sei que você esteve cometendo um lento suicídio de nicotina enquanto nossa sorte era decidida. As horas passavam ao teu lado e você não via, Ignacio, e também não via as enfermeiras passarem nem os faxineiros esfregando um pano debaixo das tuas pernas. Não via nada até que viu Lekz se despedindo da corte de oftalmologistas e caminhando desenganado por um corredor, com a cara amortalhada, os braços enforcados junto ao corpo, meio sem vida, e Lekz te disse conversamos amanhã, amanhã conversamos sobre tudo, com Lucina, com mais calma, agora é melhor você levá-la para casa, vá dormir você também, disse, evitando teu nome. E se despediu sem te olhar, deixando você parado no ar, suspenso na oportunidade de uma fuga repentina, mas talvez premeditada, a fuga culpada que um dia te trouxesse, dócil, de volta. Você não tinha para onde ir, eu tinha me transformado em teu único lugar, você me disse tudo isso depois, lembra?, que sentia necessidade de fugir. Saiu para buscar outro maço de cigarros, para caminhar pela noite quente, e de repente estava numa praça semeada de ervas daninhas e de bancos desalmados para onde acudiam velhos cagados nas calças que ninguém lavava, velhos que dormiam sozinhos, cada um consigo mesmo em caixas de papelão, até que chegavam a neve, o gelo, e então. Então? Você falou em voz alta mas ninguém ouviu tua pergunta, pois estava sozinho. Como o velho que logo seria, no futuro, sozinho pensando naquela namorada que tinha abandonado um dia num hospital, talhada em sangue. E então nada, você gritou, aterrorizado com o próprio uivo, duvidando desse dilaceramento em teus ouvidos, eram tuas também todas as vozes que discutiam acaloradamente dentro de você?, era verdade o que Lucina ou a voz dela te disseram antes de entrar na sala de cirurgia?, você balançava a cabeça, não, não é verdade, então nada, nada, repetia como um louco, mas a voz martelava em tua cabeça, não te deixava apagar as palavras que eu tinha lançado apenas algumas horas antes, minha voz te pedindo isso, a velha

prova de amor. Só uma, Ignacio, é só uma prova, eu jamais pediria duas. A menor prova que podia te pedir, maior apenas que uma bolinha de gude. Eu te pedia isso porque não tinha alternativa, porque tinha entendido, mesmo antes de Lekz, que toda a ciência dele havia fracassado. Não é verdade, você dizia a si mesmo, e repetia que nossa conversa não tinha acontecido, que eu nunca teria me atrevido, jamais, mas depois começava a pensar o contrário, que eu tinha mesmo te pedido isso que te era tão caro, e meu pedido era tão vívido, tão exato, tão simples, que você não poderia tê-lo inventado. Não sei qual dos dois está mais louco, falou para si, e sei que soltou uma gargalhada seca tentando pensar em outra coisa, mas minha voz, além de mim, continuava repetindo com súbita alegria que isso que você me entregaria nos uniria para sempre, ia nos tornar iguais, nos tornaria espelhos um do outro, para o resto da vida e até da morte. E mesmo depois, dizia minha voz em tua cabeça, embora não soubéssemos nada sobre o depois. O que importa é o agora, foi o que eu disse te encarando, quando você quis dar por encerrada a discussão. Dá-la por encerrada como se nunca tivesse acontecido. Mas que merda você está me pedindo, Lucina, dizia você levantando a voz na praça, falando para o ar e para os ratos, para as pombas, como pode pensar que vou te dar isso, dizia, sem se atrever a dar nome ao que eu estava pedindo. Só isso. Como pode pensar nisso, dizia em silêncio, chutando uns paus queimados, com raiva, com legítima desconfiança, de repente com ciúme de que pudesse existir outro cara capaz de te dizer sim, sim, Lucina, sim, eu quero sim ser teu para sempre. Um cara capaz de dizer e de sentir isso, literalmente. Sei que tua própria indecisão te atormentava, tua dificuldade para responder ao meu pedido com um sim redondo ou com um não igualmente definitivo. Escute, Ignacio, eu disse. Acha que eu não faria a mesma coisa por você? Minha pergunta ressoava, era devolvida a você com ecos, te enchia a boca de ânsias, de bílis, porque estava sem comer havia horas, vômitos vazios só de imaginar que me entregaria isso e que teria de viver me olhando depois. E você continuava se matando com tragadas enquanto eu dormia, estranhamente tranquila, sonhando com teu olhar míope e bonito, sonhando livre daquela pergunta impudica que agora você carregava nas costas, de noite. Só te peço um. Óculos não me servem, de nada me valem lentes coloridas. Tentava não pensar nisso, dirigia a atenção para a chama do fósforo, contava quantos segundos demorava para esfriar e quanto tempo teu dedo aguentava sobre a brasa. Sei que tentava esvaziar a mente olhando fixo através daquelas árvores esqueléticas que perdiam uma a uma as folhas no vento, e ainda estava lá ao amanhecer, dando voltas pela praça e por tua cabeça e desejando que não fosse verdade a condição que te impus quando nos despedimos. Se não pode se comprometer e me dar o que peço, não precisa voltar amanhã.)

PONTO

Atrás de Ignacio, impregnado de cheiro de cigarro, vinha Lekz, como um anjo asséptico e pálido, repentinamente encanecido, com olheiras cansadas. Não estava com boa cara. Eu vou morrer, doutor, ou você vai morrer? Lekz fez um esgar de embaraço e resignação. Com a vista nebulosa, vi-o abaixar o rosto e tomar fôlego. Ia esperar lá fora com Ignacio enquanto eu me levantava da cama e me vestia. E nos minutos seguintes, enquanto eu vestia a saia sobre a calcinha suja, as meias suadas, as botas, ajeitando a camiseta, os lenços, o suéter, a ansiedade do veredicto, vi desfilar por meus olhos enfermos infinitas lembranças entesouradas e díspares, lembranças dos tempos em que fingia apagar a doença, de tempos falsamente felizes que me fizeram pensar que eu podia ser outra, que me enfraqueceram e me deixaram à mercê de uma solidão alheia que era somente minha. E fui de cabeça erguida, preparada para ouvir o que quer que Lekz tivesse a me dizer no escritoriozinho cedido pelo hospital. O doutor pigarreava mais do que nunca. Lekz pigarreava, e Ignacio pigarreava nervoso e eu também, contagiada pelo pigarreio, mas limpei a garganta antes de entoar, com frieza, estou pronta, sou toda ouvidos. Vi que Lekz apertava a cabeça com todos os dedos. Vi que esfregava a cara, sem saber como me explicar, mas já decidido, já sem rodeios, como um telégrafo, como o porta-voz de um telegrama. Há veias em seu olho esquerdo. Ponto. São veias novas. Ponto. Logo irão romper a retina. Ponto. Por ora o outro olho está quieto, mas o sangue vai voltar. Ponto. Você vai estar cega em pouco tempo. Stop. Era definitivo. O sangue, suas possibilidades, nunca tinham chegado a desaparecer. Eram parte de meus olhos. Senti a mão suada de Ignacio escorregando da minha, Ignacio inteiro escorrendo para o chão. Ignacio transformado numa cor insana. Ignacio, falei, me deixe um instante sozinha com o médico. E quando senti a porta se fechar apoiei os cotovelos na mesa minúscula e malcheirosa, joguei-me para frente e pedi para Lekz me acender um cigarro. Sei que você fuma escondido, escondido da sua mulher, dos seus pacientes e principalmente da Doris, escondido de si mesmo. Posso sentir os resíduos de tabaco no seu hálito. Não diga nada e eu também ficarei calada. Além do mais, já não faz sentido tentar impedir a destruição dos meus olhos. Lekz abriu uma gavetinha invisível e me estendeu um cigarro. Acendeu outro quase agradecido por dividir esse segredo. Vi o reflexo nebuloso da brasa iluminando seus olhos no desamparo desse sábado. Vi minhas próprias volutas fantasmais no ar enquanto pensava em como lhe dizer. Só nos resta o transplante, doutor, você me deve isso. Transplante, repetiu Lekz com voz agônica, transplante, Lina, murmurou, agora sem duvidar do meu nome, e acrescentou um par de palavras que se enrolaram na língua. Um transplante é muito delicado, disse, mas falava sozinho em seu tom lapidar. Muitíssimo delicado, como se eu não soubesse. Só tinha sido testado em animais, nunca em humanos. Doutor, repliquei, e me aproximei dele até que minha fumaça queimasse suas faces, eu não passo de um animal querendo deixar de ser um. Lekz acendeu outro cigarro com o fogo do anterior e, abrindo minha pasta, folheando as infinitas páginas de meu histórico, fazendo um moroso desenhinho ao redor do meu nome cada vez mais breve, me disse que não. Não era possível, disse. Não havia bancos de olhos porque ninguém doava olhos mortos. Acreditava-se, disse Lekz, que a memória residia neles, que os olhos eram um prolongamento do cérebro, o cérebro despontando pelo rosto para beliscar a realidade. Algumas pessoas pensavam que os olhos eram depósitos de memória, disse, e outras pessoas ainda acreditavam que ali se escondia a alma. É minha única oportunidade, interrompi, ele estava perdendo um tempo que me era precioso; minha oportunidade, e também a sua, doutor. Fiquei de pé, apertei os olhos para que ele sentisse que eu o olhava, que não ia aceitar senão um sim imediato. Lekz me olhou com escândalo, tremeram-lhe os lábios cheios de palavras que ele não se atrevia sequer a pensar. Afundou, um pouco acovardado, na cadeira. Eu percebia seus dedos tamborilando em algum lugar. Lekz ia lentamente tomando coragem naquele escritório, tão silencioso apesar do ruído dos carros cruzando a cidade. O mundo estava tão silencioso, pensei, Lekz tão calado apesar de seus dedos nervosos, tão perdido meu Ignacio em algum corredor, dando voltas ansiosas, tão longe o Chile, emudecido. Eu pensava nisso quando me vi dizendo, iluminada, alucinada, cambaleante, mas segura de que era isso que ia acontecer. Não se mova, doutor, sussurrei, me espere aqui, já vou lhe trazer um olho fresco.

SOBRE A AUTORA

Lina Meruane nasceu em Santiago do Chile, em 1970, em uma família descendente de palestinos e italianos. Ao lado de Alejandro Zambra e Alejandra Costamagna, é hoje um dos principais nomes da literatura contemporânea de seu país, tendo sido saudada por Roberto Bolaño, em 1999: "Existe uma geração de escritoras chilenas que promete. Lina Meruane é uma delas".

Sua obra inclui a reunião de contos *Las infantas* (1998) e os romances *Póstuma* (2000), *Cercada* (2000), *Fruta podrida* (2007) e este *Sangue no olho* (2012). Conquistou os prêmios literários Anna Seghers (Alemanha, 2011) e Sor Juana Inés de la Cruz (México, 2012). Lina também é autora de livros de ensaios, entre os quais se sobressaem *Viajes virales* (2012), *Volverse Palestina* (2013) e *Contra los hijos* (2014). Atualmente, é professora de cultura latino-americana na Universidade de Nova York.

COORDENAÇÃO EDITORIAL Livia Deorsola
PREPARAÇÃO Natércia Pontes
REVISÃO Fábio Bonillo, Luciana Araujo
PROJETO GRÁFICO Arthur Vergani, Gabriela Castro
TRATAMENTO DE IMAGEM Wagner Fernandes
PRODUÇÃO GRÁFICA Aline Valli

IMAGEM DE CAPA Vicente de Mello, *Strobo#11* (detalhe), 2010.

Nesta edição, respeitou-se o novo Acordo Ortográfico da Língua Portuguesa.

Dados Internacionais de Catalogação na Publicação (CIP)

Meruane, Lina [1970–]
Sangue no olho: Lina Meruane
Título original: *Sangre en el ojo*
Tradução: Josely Vianna Baptista
São Paulo: Cosac Naify, 2015
192 pp.

ISBN 978-85-405-0864-4

1. Romance: Literatura chilena I. Baptista, Josely Vianna
II. Título

CDD 868.9933

Índices para catálogo sistemático:
1. Literatura chilena: 868.9933

COSAC NAIFY
rua General Jardim, 770, 2º andar
01223-010 São Paulo SP
cosacnaify.com.br [11] 3218 1444
atendimento ao professor [11] 3823 6560
professor@cosacnaify.com.br

FONTE Alegreya
PAPEL Pólen Soft 80 g/m²
IMPRESSÃO Geográfica